死神姫の白い結婚

解けない運命の赤い糸

忍丸

ポプラ文庫ピュアフル

contents

死神姫の白い結婚

序　死神姫の白い結婚

はらはらと、桃色の花弁が地面に散り落ちていく。

神社の参道を花嫁行列がゆっくりと進んでいた。

よく手入れされた参道沿いの庭は、春を言祝ぐ鳥たちで賑やかだ。

辺りに満ちた花の香りは甘く、麗らかな気候に浮かれた小鳥が楽しげな歌を披露し、桜は春風に自身の花びらを遊ばせている。柔らかな陽差しは若葉を優しく照らし、石の水鉢に浮かんだ花筏をきらきら輝かせていた。水面に映り込んだ空は花曇りで、まさに慶事にふさわしい天気のように思える。

なのに、参列者たちの表情は晴れない。

誰もが不機嫌さを隠そうともせずにギスギスした雰囲気をまとっていた。衣装も異様だ。喪服を着用している。黒々とした人の群れは、晴れやかな日にふさわしくない不吉さだった。これみよがしに数珠を手にしている者までいる。

「おい、見ろよアレ……」

「うわ。すっごい。なにごと？」

そんな花嫁行列は当然のごとく注目を浴びていた。数え切れないほどのスマートフォンが向けられ、誰もがカメラ越しに厭らしい視線を注いでいる。この結婚は世間的にも注目を集めていたから、報道陣までいた。「現場は異様な雰囲気です！」レポーターの声は、真剣さを装いながらも、どこか楽しげな響きを持っている。面白がっているのだ。野次馬とたいして変わらない。

――誰も望まない婚姻とはいえ、この扱いは……。

花嫁らしくしずしず歩きながら、私――神崎雛乃は、そっと息をもらした。

私の生家である神崎家と、婚姻相手である龍ヶ峯家は、長年対立してきた敵同士だ。異形を狩ることを生業にした〝祓い屋〟の名家で、トップの座を争う仲である。過去には抗争に発展したこともあり、多くの屍が積み重なった先にいまがある。互いに好感情を持ち合わせているはずがない。

なのに――私は、龍ヶ峯の家に嫁ぐことになってしまった。

はるか昔に交わされた盟約のせいだ。

〝龍ヶ峯の代替わりの際に、引退した当主に神崎家の直系を娶らせる〟。

対立が続く両家の緩衝材になるのを狙ったものらしい。とはいえ、長い歴史の中でほとんど実現することはなかった。そんな約束が、なんの因果か私の代で結実してしまったのだ。その事実に両家の人間は納得しておらず、歓迎もしていない。

それは、場に満ちる空気がありありと証明していた。

――敵方の家に嫁ぐなんて。ちっとも笑えない。

政略とは違うものの、情を伴わない結婚に幸福はあるのだろうか。

嫁いだ家で〝普通〟の幸福を享受したい。夫に愛されたい。心穏やかに過ごしたい。花嫁ならば誰もが抱く夢だ。

だけど、私にはとうてい望めそうにない。

私自身も、婚姻にはまるでふさわしくない花嫁衣装を〝着せられていた〟からだ。

黒い色打ち掛けは、髑髏（どくろ）の上に蝶が舞うというなんとも禍々（まがまが）しい柄だった。帯には飾りひとつなく、頭からはすっぽりと黒いレースのヴェールを被っている。

〝あなた以外の色には染まらない〟と、黒い花嫁衣装を着る者もいるそうだが——この衣装には悪意しか詰まっていなかった。愛されたい花嫁の装いではない。

用意したのは、異母妹だ。

「お姉様、とっても素敵よ？　こんな不吉な花嫁、他にいないわ」

介添人（かいぞえにん）を買って出た異母妹の凜々花（りりか）が、衣装を直す振りをして嫌みを囁（ささや）いた。

「……ッ！」

ヴェールの下で唇を噛みしめる。悪意が胸に突き刺さって眩暈（めまい）がした。鼻の奥がツンと痛んで、逃げ出したくて仕方がない。だけど——どこにも逃げ場はなかった。

私を受け入れてくれるような場所は、すべて奪われ尽くしてしまったからだ。

今回の婚姻は、体（てい）のいい追放だった。仕組んだのは、家の中に入り込んできた異分子たち。入り婿の父と愛人、ふたりの間にできた娘の凜々花。彼らは神崎家次期当主である私を追い出して、家を乗っ取ろうとしていた。

神崎家は女系一族だ。前当主であった実母は、十年以上前に亡くなっている。普通なら、娘である私が家督を引き継ぐべきであったのだが、幼すぎたのもあって、これまで父が当主代行として家を仕切っていた。父は虎視眈々と、正統な跡継ぎである私を追い出す機会を狙っていたらしい。そして、家を完全に乗っ取る最後の仕上げが、この嫁入りだった。次の当主は異母妹だ。いまや神崎家は完璧に父に乗っ取られている。当主代行の決断に、否やを言える者はいなかった。

「お姉様」

凜々花が、美しい顔を歪めて意地の悪い声で囁く。

「せいぜい、いびり殺されないようにがんばって」

うふ、うふふと凜々花が嗤う。

「可哀想なお姉様。本当に不憫な人」

——……ああ。

視界がぐらぐら揺れていた。死刑執行を待つ囚人の気分だ。

——私は〝普通の幸福〟がほしいだけなのに。

そんな当たり前のことさえ望めないのかと、絶望的な気分になる。

「〝死神姫〟にふさわしい末路ね」

凜々花の言葉に、ピクリと身を竦ませた。

（そうだ。私は〝死神姫〟。高望みしちゃ駄目）

死神という呼び名は、比喩でもなんでもない。私は特別な能力を持っていた。私という存在自体が、誰かの命を奪いかねない危険をはらんでいる——だから、自由になれない。家を出て思うままに行動する訳にはいかない。おかげで、令和になったというのに前時代的な婚姻に縛られている。

その発端は、過去に私が引き起こしてしまった事件にあった。

だから、不幸な婚姻だって甘んじて受け入れなくてはならない。

〝普通の幸福〟だなんて高望みしてはならないのだ。

——もう、嫌だ……。

心はすでにボロボロだった。一歩踏み出すたびに、涙がこぼれ落ちそうになる。きっと、情けない顔をしているはずだ。この時ばかりはヴェールの存在に感謝した。

——花婿は、この婚姻をどう思っているのかな。

ちらりと、隣を歩いていた男の様子を覗き見る。

龍ヶ峯雪嗣。それが夫になるべき男の名前だ。見かけは二十代半ば。銀雪を思わせる白い髪に紺碧の瞳が印象的だった。黒髪と紅い瞳を持つ私とは正反対の色味を持っている。どこか怜悧な印象を与える美形で、紋付き羽織袴がとても似合っていた。若く見えるが、すでに当主の座を引退し後継に任せている。祓い屋界隈では〝死にたがり〟という異名を持つ男だ。怪異に対して残酷で容赦がない。自身の安全を顧みず、血まみれになって戦う姿は修羅のよう。周囲の人間に対しても淡泊で、誰にも心を開かない冷血漢。だからか、見惚れるほどの美形なのに、いままで女性との間に浮いた話もなく……。

私のものならなんでもほしがる凜々花が、すんなり婚姻を認めたのもそのせいだった。

――なんの役にも立たない女を押しつけられて、嫌だろうな。

父からは〝子は必要ない〟と、何度も言い含められていた。

それぞれの家にとって、火種にしかならないからだ。これは、古い盟約を果たすためだけの婚姻。床を共にする必要はない。こういう関係を〝白い結婚〟と呼ぶそうだ。

――この結婚になんの意味があるの。

お互いに不幸になるだけだ。きっと、彼も自分を恨んでいるに違いない。

そう思っていると、ふいに彼と視線が交わった。

とっさに身構える。すると、ふわりと柔らかい笑みを向けられた。

「え……」

予想外の反応に、たまらず小さく声をもらす。訳がわからなかった。前評判とは、まるで違う印象。しかし、すぐに彼の視線は逸れてしまった。花嫁行列は粛々と参道を進んでいる。どういう意味なのかと、声をかけて確認する訳にもいかなかった。

――なんだったの……。

きっと見間違えたのだ。彼が自分に笑みを向ける理由がない。

私は、ヴェールの下でそっと瞼を伏せた。

婚儀が終われば、自分は神崎家の人間ではなくなる。なくなってしまう。

龍ヶ峯に嫁げば、また地獄のような日々が待っているはずだ――

――でも。地獄じゃない時間なんて、いままでもそんなに多くなかったな。

私はまだ十八だ。それほど長い時間を生きてきた訳ではないけれど。

それでも、これまでの人生が幸福だったとは思えない。結婚したって、結局は代わりばえのしない日常が延々とやってくるだけかもなんて、ヴェールの下で唇を嚙みしめた。

第一話　死神姫の事情

この世には、人々の心の穢れより生じた化け物――〝怪異〟がいる。自然災害のひとつに数えられていて、大虐殺を引き起こしかねない怪異への対処はいつの時代も悩みの種だ。

同時に、特殊な能力……異能を持つ人間も存在していて、そういった人々は、才能を活かして怪異に対抗してきた。やがて怪異退治を生業にするようになった彼らは、祓い屋と呼ばれるようになり、今日まで人々の安全のために命懸けで働いてきたという。

日本には、いくつも怪異退治の名家と呼ばれる一族が存在している。

そのルーツは平安時代の公家まで遡れるそうだ。

神崎家もそのひとつで、当主は代々女性が務めている。私は、そんな家に生まれた。

生まれ落ちた瞬間から、一族の期待を一身に背負っていた。神崎の家は日本でもトップを争う祓い屋の名家。ライバルである龍ヶ峯家に負ける訳にはいかない。

次期当主である私には幼い頃から重いプレッシャーがのし掛かっていた。とはいえ、あの頃の私は、いまと違ってずいぶん自由だったと思う。

「雛乃お嬢様、またお勉強をサボって！」

「きゃあ！　見つかった！」

隙を見ては家庭教師から逃げ回る。必要な勉強だとはわかっていた。でも、同世代の子どもたちが無邪気に遊んでいるのに、私だけが勉強漬けなんてまっぴらごめんだ。

「雛乃！　いい加減にしないと怒るよ！」

母……神崎さつきは、そんな私に厳しかった。

「私たちには祓い屋としての義務がある。おおぜいの部下と、その家族の生活も守らなくちゃいけない。真面目にやらないで後悔するのは、将来の雛乃なんだよ」

祓い屋の名家の当主として采配を振る母の言葉には、得も言われぬ説得力がある。

「ごめんなさい……」しゅん、と縮こまる私に、母はため息をこぼす。

でも、母は厳しいだけの人間ではなかった。

「ま、今日くらいはいいか！　私も休憩にしよう。雛乃、一緒に遊ぼうか！」

「……！　うん！」

「明日からはちゃんとするんだよ？」

「がんばる～！」

「よし。それでこそ私の子だ！」

考え方が柔軟で、それでいて遊び心を忘れない。そんな母が私は大好きだった。

当主として忙しくしながらも、母はいつだって味方でいてくれた。そこらの子どもとは、違う人生を歩まざるを得ない私を気遣ってもくれたのだ。

「ごめんね。本当は〝普通〟の子みたいにさせてあげられたらいいんだけど」

ふたりきりの時、ときおり母は申し訳なさそうな表情を浮かべた。無邪気に遊ぶ子どもを、視線で追っていたのがバレていたのかもしれない。

「大丈夫だよ、お母様。〝普通〟じゃなくてもいいの。私、がんばれるもん」

　これは、神崎という特殊な家に生まれた人間の宿命だ。

　祓い屋の仕事は、異能を持たない〝普通〟の人間には担えない。怪異という強大な敵を討ち漏らせば、おおぜいが犠牲になるのはわかりきっていた。

　力を持つ者には責任が発生する。そして私は力を持っている側の人間だ。

　幼いながらも、私は自分の立場というものを理解していた。

　――とはいえ。当主教育が辛いことには変わりない。

「その代わり……お母様、ぎゅうってして!!」

〝普通〟じゃいられない分、あの頃の私は甘えん坊だったように思う。

「あらあら。仕方がないな。おいで！　ぎゅう～！」

「きゃあっ！　苦しいよ～」

　母からは、いつも甘い匂いがした。抱き締められると、柔らかな感触にうっとりする。

　大きな手がさらさらと髪を撫でてくれるのが心地いい。

　なにより――服越しに伝わる母の温度が、疲れ切った心を癒やしてくれた。

「雛乃お嬢様は赤ちゃんみたいですねえ」

　母にべったりだった私を、使用人たちも温かく見守ってくれたように思う。

「むう！　赤ちゃんじゃないもん！」

「あはは。そうですね。いつか立派なご当主様になられるんですもんね」

忙しいながらも、笑顔で過ごす日々は優しくて――

――いつしか、母のようになりたいなんて思うようになっていた。

柔らかくて、温かくて。誰よりも気高くて強い。実際、母は当主としての評価が非常に高かった。周囲の人間の口ぶりから、幼心にすごい人であると理解していたから、そんな人の娘に生まれたことが心の底から誇らしい。

〝普通〟の生活はできなくても、母とならがんばれる。

そして、いつかは母のような立派な当主に――

「お母様、大好き、大好き！」

「私も大好きだよ。雛乃」

こうして、私の日々は過ぎていった。厳しく躾けられはしたものの、大切にはされていたのだ。掌中の珠と言っても差し支えなかったと思う。

……けれど、私の人生は順風満帆とはいかなかった。

私を取り巻く世界は、異能を発現した時に変わってしまったからだ。

*

異能を持つ人間の中でも、名家に連なる者は特別だ。

命を賭して怪異と戦ってきた彼らは、更に強い異能の力を手に入れるため、世界でも名が知れた特別な存在と交わった。結果的に、名家の血を引く人々は普通の人間にはない特徴を持つようになる。

神崎家は、かつて大陸から渡ってきた吸血鬼と交わった。深紅の瞳はその証だ。

手にした異能は〝吸命（きゅうめい）〟。

周囲の生き物から生命力を奪い取り、自らの力に変換する能力である。

由緒正しく神崎家の血を引いていた私は、他の誰よりも強い力を持っていた。

悲劇が起きたのは、私が六歳の誕生日を迎えた数日後のことだ。

あの日の出来事は、いまも忘れられない。秋晴れの爽やかな日。私たちは、庭に作られた小さな薔薇園で、母が手塩にかけて育てた花を一緒に愛でていた。

「お母さん!?」

突然、母が倒れてしまったのだ。意識を失っているらしく、力なく瞼を閉じた母の顔は紙のように白い。呆然としていると、周囲の異変に気がつく。

「なんで……」

薔薇が枯れていた。薔薇だけではない。私を中心に、円を描くように芝や花々が茶色く変色してしまっていたのだ。

――ぽたり。

なにかが落ちた音がした。そろそろと視線を落とせば、倒れた母の上に、先ほどまで薔薇と戯れていた蝶が落ちている。こぼれた鱗粉が母の服を汚していた。庭いじりは好きな癖に、虫が苦手な母は微動だにしない。

それはまさに、命の終わりを象徴したような光景で——

「いやあああああああっ!!」

思わず絶叫すると、異変に気がついた使用人や父が慌てた様子で駆けつけてきた。

「誰か救急車を呼べ。早くッ!」

地面に倒れこんだ母を抱き上げた父は、必死に声を張り上げている。

「どうして……」

私は混乱していた。なにが起きたのかまるで理解できない。

冷や汗が背中を伝っている。訳もなく叫び出したかった。なんだかひどく寒い。

「お母様……」

優しい温もりが無性に恋しくなった。

不安になった私は、いつも通りに母に触れようと手を伸ばす。

「触るなッ!!」

瞬間、父に手を撥ね除けられる。意味がわからず固まっていると、鬼の形相で私を睨みつけた父は、使用人に向かって指示を飛ばし始めた。

「コレを離れに閉じ込めておけ。異能の専門家を呼ぶんだ」

「お、お父様！　病院に行くなら私も」

「うるさいっ！」

「ひっ……」

あまりの剣幕に身を竦ませると、父は血走った目でこう言った。

「さつきはお前のせいで倒れたんだ。追い打ちをかけるつもりか？」

「……！　私の？」

へたり、と地面に座り込んだ。母を抱き上げた父が去って行く。

——私がお母様をああしたっていうの。

呆然としていると、親しくしていた使用人が声をかけてきた。

「雛乃お嬢様、参りましょう……」

使用人の手が私に触れる寸前に止まる。違和感を覚えて顔を上げると、使用人はひどく怯えた様子で私の顔を凝視していた。「甘えん坊ですねえ」と、いつも笑いながらからかっていたとは思えない態度だ。

——なに？　私の顔になにか付いているの？

手で顔に触れてみる。特に変わりはないようだけど……。

キョロキョロと辺りを見回すと、窓ガラスに見慣れない少女が映っているのが見えた。

「誰？」

息を呑むほどに、美しい少女だ。

大きな瞳は、鮮血が滴ったように紅く染まっている。ストレートの黒髪は艶々としていて、鼻梁は人形のように整っていた。頬は薔薇色に染まり、桜色の唇はぷっくりと膨らんで柔らかそうだ。見慣れない美少女は、私に気がつくと大きく目を見開いた。

いや――違う。

――あれは、私だ。

見間違えようがない。信じられないほど美しいが、目鼻立ちは見慣れたものだった。

「……嘘」

その瞬間、すべてを理解した。

前触れもなく倒れた母。父が放った「異能の専門家を呼べ」という言葉。

――私の異能が発現したんだ。〝吸命〟で、母の生命力を吸ってしまった。

異能の発現時期は人それぞれだ。六歳頃が最も多いらしい。時期としては当てはまる。

更には、異能を持つ人間は、その力が強大なほど美しい容姿を持つという。

前触れもなく異能に目覚めた私は、おそらく能力を暴走させたのだ。そして、母が昏倒するほど生命力を吸い上げ、自身の力に変えた――

この異様なほどの美しさは、母の命によってできている。

「……ッ！」

ゾッとして、足もとから冷気が駆け上ってくるような感覚がした。

忙しくとも平穏だった日常が、ひどく遠くなったような気がして――

「お嬢様？」

使用人の声も耳に入らない。強ばった顔のままその場で立ち尽くすしかなかった。

離れに軟禁されていた私に、母の訃報が伝えられたのは翌日だった。

「さつきが死んだ」

「………。え？」

すぐに父の言葉が理解できなくて、間抜けな声を漏らす。

ショックで言葉も出ない私に、父は深々と嘆息した。

「そろそろ異能に目覚めると思ってはいたが、どうにも強すぎたようだな」

父いわく、私の異能は一族の中でも飛び抜けて強烈らしい。本来なら、生命力を吸収するか否かを自分の意思で選択できるはずなのに、まるでコントロールできていない。喩えるなら空気清浄機のように、無差別に周囲の生命力を吸収してしまっているようだ。

「元々さつきは体が弱かった。急激な〝吸命〟に耐えられなかったのだろう」

「………。そんな」

大切な、そして誰よりも愛していた母を、殺してしまった。

「お母様っ……。あ、ああ、あああ……」

嫌だ。なんでなの。誰か嘘だって言って。

泣きながら膝をついた私を、父が冷めた目で見下ろしている。

実の娘へ向けるには、まるで温かみのないまなざしだった。それもそうだろう。入り婿の父とは、ろくに顔を合わせた記憶がない。使用人よりも遠い存在だったのだから。

「本来なら新当主を掲げるべきなのだろうが、お前は幼い。責務を担えないと判断した。お前が十八になるまで、私が業務を代行する。今後、私の命令は絶対だ。覚えておけ」

父の言葉に、ハッとして顔を上げる。瞬間、バサリとなにかを投げつけられた。

黒いヴェールだ。漆黒のレース模様が美しくはあるが、どこか禍々しさを感じる。

「……お父様、これはなに？」

「神崎家には、何代か前にも強すぎる異能を持つ人間がいたらしい。これには〝吸命〟の力を抑えこむ効果がある。これからは常にそれを身につけていろ」

「は、はい……」

ヴェールを抱え込んだ私をまじまじと眺めた父は、忌々しげに小さく舌打ちをした。

「おぞましい顔だ。ヴェールで隠して誰にも見せるな」

それだけ言って背を向けた父に、「お父様！」と慌てて声をかけた。

「わ、私は、ど、どうすれば」

母を殺してしまった私が、このままでいいとは思えない。犯罪者は罪を贖う必要があると、幼いながらに理解していた。そうだ。私は罰を受けるべきだ。母を、大切な母を。将来有望だった、誰もが必要としていた母を殺してしまった私が。のうのうと生きている訳にはいかない。報いを受けるべきだ。

「アレは事故だ」

父の言葉が、不思議な響きを持って私の鼓膜を揺らした。

踵を返した父が、立ち尽くす私の耳に顔を寄せる。

「能力の発現時に身内を傷つけてしまうのは、異能力者にはありがちなケースだ。未成年者が法的に裁かれることはない」

淡々と事実を並べた父は、最後に笑いを含んだような声でこう続けた。

「だが、母親を殺した事実はなくならないな？　とはいえ、私も父親だ。人殺しだろうが面倒は見てやるさ。感謝しろよ」

「〜〜〜〜ッ！」

人殺し、人殺し、人殺し。

父の言葉が何度も頭の中に響いて、私はなにも考えられなくなってしまった。

真っ白だった心に、罪悪感という黒い雫がぽたりと落ちる。じわじわと拡がる黒い染みは、私という人間のすべてを飲み込もうとしているようだ。

「私が悪い、んだ。ぜんぶ私の、せい」

呆然としているうちに、いつの間にか父の姿は消えていた。

ぽつんと取り残された私は、そろそろとヴェールを頭から被った。視界が暗い。黒いヴェール越しの世界は、色褪せたように見えた。

——私、なんてことをしてしまったの。

「やだ。嫌だよう……」

凍えるくらいに寒かった。だけど、ここには「大丈夫よ」と温めてくれる人はいない。

「おかあ、さまあッ……！」

幼い体を丸めて、声を殺して泣いた。

――この日を境に、私の境遇は坂を転げ落ちるように変わっていく。

最悪の人生の始まりだった。

＊

とつぜん当主を失った神崎家は、しばらくは混乱の最中にあったようだ。

祓い屋稼業はそう単純なものではない。当主という絶対的な存在が不在である事実は、現場で働く祓い屋たちに少なくない影響を及ぼした。

だが、当主代行を買って出た父は、思いのほか優秀な人間だったようだ。母という大黒柱が不在の中、役割を見事に果たし、そう時間をかけずに現場の混乱を収束させた。

父の評価はうなぎ登りだ。入り婿だからと軽んじられていた父は、神崎一族の中での地位を確固たるものにした。それは、いままで直系の支配が当然だと思っていた人たちからすれば、かなりの衝撃だった。

父が当主代行を始めた途端、業績が上がったから尚更である。

「神崎家は古くから続く名家だ。しかし、いつまでも旧態依然としたままでは、いけないのではないか。改革を推し進めるべきなのではないか！」

　気がつけば、父やその側近たちは、おおっぴらにそう発言するようになった。

　神崎家直系による支配の終焉は新しい風を吹き込む。それこそが正しいのだと、直系中心の体制に不満を持っていた人間は目を輝かせ、父に忠誠を誓っていった。

　だが、誰もが父の意見に賛同していた訳ではない。

　先々代当主の夫であった祖父は、父の主張に真っ向から反発していた。

「神崎家の血筋を蔑(ないがし)ろにしてはいけない。早々に家が滅びるぞ！」

　祖父は血統絶対主義者で、とても厳格な人だった。なにより家を大切にしていて、次期当主である私を、子どもだからと甘やかしたりしない。常に厳しい態度で接していた。

　そんな彼は、いつも私にこう言っていた。

「あの男がなんと言おうと、神崎家の次期当主はお前だ。よく学び、祓い屋としての腕を磨き、一族の人間を護るのだ。直系であるお前にしかできないことだ」

「わかりました。お祖父様」

　祖父から寄せられる期待が重かった。実の娘を殺した孫を、あの人はどう思っていたのだろう。祖父はまるで本心を口にしなかった。ただ厳格に接するだけ。それが幼心にも恐ろしくて、できる限り祖父から距離を取った。結果、味方であるはずの祖父と私の間には、気がつけば越えられない壁ができてしまっている。

辛かった。苦しかった。でも、耐えるしかない。

——お母様の命を奪ったのは私だ。悪いのは私。どんなことも我慢しなくちゃ。

異能で誰かを傷つけてはいけないと、離れに引きこもり、ひたすら勉学に励む日々。以前のようにサボったりはしなかった。多すぎる課題に、寄せられる期待の大きさに、家庭教師から浴びせられる叱咤に、何度も心が折れそうになる。

でも——やめる訳にはいかない。母を殺してしまった私に自由はないのだから。

そんな私を余所に、新体制派の人間と旧体制派の人間の間で対立は深まっていった。一族の中で少なからず混乱が起こったようだが——それも、旧体制派の旗頭であった祖父が、あっけなく脳卒中で死んでしまうまでだ。

以来、父を止められる人間はいなくなり——

神崎一族の中で、新体制派の人間が幅を利かせるようになっていく。家庭内でもそうだ。入り婿で肩身が狭い思いをしていた父が、我が物顔で振る舞うようになっていった。

ある日、父が見知らぬ親子を屋敷に連れてきた。

「初めまして。私は如月早苗（きさらぎさなえ）よ」

三十半ばくらいの、ぽってりとした唇と泣きぼくろが色っぽい女性だった。

話を聞くと、神崎一族の傍系の女性らしい。やや瞳が赤みがかっている。自信に満ちあふれた表情をした早苗は、なぜか父にしなだれかかっていた。

——なに……？

ふたりの距離の近さに嫌な予感がする。

「こっちは娘の凜々花。あなたの妹よ」

「い、妹？」

「初めまして。お姉様」

軽く頭を下げたのは、五歳くらいに見える少女だった。

艶やかなライトブラウンの髪を腰くらいまで伸ばしている。年頃よりも大人びて見えるのは、母親と同じく自信に満ちあふれた表情をしているからだろうか。焦げ茶色の瞳を挑戦的にきらめかせ、私をじいっと見つめている。

「あ……」

どことなく、顔つきが父と似ている気がした。「どういうことなの」と父に視線を投げる。すると、わざとらしく目を逸らされてしまった。

——嘘。

父は浮気をしていたのだ。凜々花は愛人との間にできた子らしい。凜々花と私にほとんど年齢差はない。つまりは——そういうことだ。

「最低……」

吐き気がこみ上げてきて、思わずよろめいた。母が亡くなった途端、これ幸いと愛人とその子どもを屋敷に連れ込むなんて——

「亡くなったお母様が知ったら、なんて言うか！」

瞬間、勢いよく頬をぶたれた。

「あっ……！」

勢いあまって床に倒れる。頬を押さえて顔を上げると、父と視線が交わった。

「黙れ。人殺しに文句を言われる筋合いはない」

あまりにも直接的な物言いに反論さえできない。

青ざめた私に、父は下卑た笑いを浮かべた。

「いまは俺が当主代行だ。お前は黙って従っていればいい。わかったな！」

最後に怒鳴りつけた父は、早苗に「後は任せる」と告げて去って行った。

「あらあら。可哀想に」

ジンジンと頬が痛む。呆然としている私に、早苗は憐憫のまなざしを向けていた。

「まあいいわ。あの人の言うことは、もっともだし」

クスクス笑ったかと思うと、どこか歪んだ笑みを浮かべて言った。

「雛乃さん。あなたには感謝しているのよ？　ありがとうね。さつき様を殺してくれて。お陰様で、私や娘が表舞台に出てこられたわ」

それがなかったら、一生日陰の女だったと早苗は目を細めている。

「これからは、私たちもお屋敷で暮らすの。私が女主人よ。ちゃんとわきまえてね？　聡明な次期当主様だもの。わかっていると思うけどね」

　そう言って、早苗は父の後を追った。遠ざかるハイヒールの音。うんざりするような、甘い香水の残り香。頭が真っ白になっていると、ふいに影が差したのがわかった。

「お姉様」

　私の前に立ったのは、異母妹の凜々花だ。

　彼女は「ここってすごい大きなお屋敷ね！」と、はしゃいでいる。

「使用人もたくさんいるんでしょ？　専属のシェフもいるって聞いたの。すごいよね。さすが、名家って感じだわ！」

　凜々花がクルクル回るたび、スカートのひだがふわりふわりと舞う。

　キャッキャと笑顔を見せていた凜々花は、うっとりと夢見るように頰を染めた。

「これからは、ぜんぶ私のものになるのね。本当に嬉しい！」

「……え？」

　思わず声を漏らすと、凜々花は心の底から楽しげに続けた。

「お姉様、みんな譲ってくれるんでしょう？　だって、お姉様はいままで贅沢な暮らしを独り占めしてきたんだもの。ずるいわ！　今度は私の番」

　母親にそっくりな、どこか歪んだ笑みを浮かべ、少女は無邪気に言った。

「お姉様のもの、ぜ～んぶ私がもらってあげる」

　キャハハハハハ！

「……！」

さあっと血の気が引いて行く。妹がなにを言っているのか理解できない。体の震えが止まらなかった。家が滅茶苦茶になる。そんな予感がした。

──お母様……。

母が必死に守ってきた家が変わってしまう。

そんなの嫌だった。絶対に認められない。けれど、六歳の私はどこまでも子どもで。当主代理である父に反抗するには、あまりにも無力だった。

屋敷に移り住んで以来、早苗は女主人としての仕事をまっとうした。

自分と娘が暮らしやすいように、以前から屋敷に勤めていた使用人たちをすべて解雇し、自身の息がかかった人間に置き換える。おかげで、私の味方となってくれる人間は屋敷内にいなくなった。

私に離れから出ないように厳命し、ほとんどの使用人を遠ざける。危険だからだ。母親を殺してしまうような異能持ちに、なんの力も持たない人間を近づける訳にいかない。

「みんなを守るためなの。ごめんなさいね？」

早苗の語る理屈は、端から聞くと〝まとも〟で。だからこそ、誰も反論できなかった。

だが、幼い私にとってひどく残酷な仕打ちなのは変わりない。以来、私はずっと離れに軟禁されている。使用人は誰も寄りつかず、離れはみるみるうちに薄汚れていった。学校にも行けない。危険な異能持ちの私には、義務教育すら過分なものらしい。ただただ、与えられた課題をこなし、窓から見える空を呆然と見上げる日々。

「お父様！　お母様！　クリスマスディナー、とっても素敵だったわ！」

外を眺めていると、ときおり外出から戻って来た父たちの姿を見かけた。

みんなきらびやかに着飾っている。凜々花の手には大きなクマのぬいぐるみ。彼女が身につけているのは、レースがたっぷりあしらわれた紺色のワンピース……。

楽しげな凜々花の姿を見た途端、私は勢いよくカーテンを閉めた。胸が締めつけられて仕方がない。涙がとめどなくこぼれて、絨毯を汚していった。

「あれはお母様から贈ってもらった服なのに」

凜々花が身に纏っていたのは、去年のクリスマスパーティに着ていったお気に入りだった。それだけじゃない。髪を飾るレースのリボンも、ワンポイントが可愛い革靴も。

ぜんぶ、ぜんぶ、私のものだった。

『私がもらってあげる！』

宣言通り、凜々花は私が持っていたすべてを奪っていった。

部屋も、玩具も、服も、屋敷の中での居場所も、神崎家の娘という立場も。

私に残されたのは、壊れたり、みすぼらしかったりするものだけ。

辛くて悲しくて、この頃は何度涙をこぼしたかわからないほどだった。凜々花の顔なんて見たくない。惨めな気分になるだけだ。なのに、あの子はことあるごとに絡んできた。

「祓い屋の名家の人間が集まるパーティがあったのよ。緊張したけど、ちゃんとご挨拶できたわ。可愛いって褒めてもらったの。神崎家の未来は安泰ねって、みんなが言うのよ」

なにかあるたび、凜々花は当てつけのように報告してくる。自分が次期当主かのような口ぶりだ。これにはさすがの私も我慢ならなかった。幼い頃から、家を継ぐために必死になって学んできた。他の人間に次期当主の座を奪われる訳にはいかない！

「やめて。私が次期当主なのよ！」

声を張り上げて抗議する。

——でも、それくらいしかできなかった。

「なんだその言い草は！　凜々花に向かって」

反抗的な態度を見せるたび、父に折檻されたからだ。何度も何度も痛めつけられ、仕舞いには屋敷の地下にある牢に閉じ込められる。痩せ細った体には、あちこち治りきらなかった傷痕が残った。人権なんてあってないようなものだ。古い時代、神崎一族に害を為す敵を入れていたという牢は、いまや私専用の場所となりつつある。

「優しくできないお姉様が悪いのよ？」

鉄格子越しに嗤う妹を見上げるたび、惨めで仕方がなかった。

私が痛めつけられるたび、悲鳴を上げるたび、凜々花は本当に楽しそうにする。

——もしかしたら、私をひどい目に遭わせるために煽っていたのかな……。

だとしたら、妹はどれほどの憎悪を抱いているのだろう。

恐ろしい予感に身を震わせながら、私は昏い地下牢でいくつも夜を明かした。

それだけではない。

身体的、精神的暴力だけでは飽き足らず、父は対外的にも私を貶めた。

「いやあ、凜々花がいれば神崎一族は安泰ですよ！」

怪異という巨悪と対峙する祓い屋は、メディアの取材を受ける機会も多い。父は、彼らに対して凜々花の活躍を自慢し――逆に、私のことを悪し様に言った。

「雛乃は〝死神〟ですよ。〝死神姫〟とでも呼びましょうか」

父は、積極的に〝吸命〟の特性を貶め、私の悪評を熱心に広めた。

「気味が悪いでしょう。誰かの生命力を奪うなんて！　そのせいで妻は……」

ウウッ！　と芝居がかった仕草で亡くなった妻を語る。なんとも白々しい演技だが、記者たちは同情するばかりで、まったく疑いを持っている様子はなかった。

「それに性格がね……。妹を陰で虐めているのですよ。何度言ってもやめない。躾けをしくじりました。亡き妻が甘やかしていたのでしょう。その点、凜々花は違う！」

傍らに立たせた凜々花を愛おしげに見つめ、父は熱っぽい口調で語った。

「妹の凜々花は心が綺麗なまま育ってくれました。再婚相手の子ではありますが、祓い屋としての能力も申し分ない。彼女の異能〝発火能力〟は本当に素晴らしい。〝吸命〟とは違う。まさに〝焔の美姫〟ではありませんか！」

姉である〝死神姫〟は、黒いヴェールの下に醜い本性を隠した傲慢な人間。

妹である〝焔の美姫〟は、姉からの虐めに耐えながらも笑顔を絶やさない天使。

世間からそういう風に見られるよう、父は徹底的に印象操作をした。

異母妹を虐めたことなんてない。明らかな冤罪だった。むしろ、虐げられていたのは私だ。そもそも凜々花は連れ子ではなく実子のはずだ。早苗と不倫関係にあった事実を隠したいのだろう。私を貶めるためにありもしない罪を作り、自分に都合の悪いことは隠すなんて——父は想像以上に狡猾な人間だった。

しかし、世間は社会的信用を得ていた父の言葉を簡単に信じてしまう。メディアに影響された人々が私を軽んじるようになるまで、そう時間はかからなかった。

いまや私は忌々しい〝死神姫〟……。

「なあ、あれって〝死神姫〟じゃねえ」

「うっわ。なんだあのヴェール。気持ち悪ッ！」

「祓い屋って美形が多いけど〝死神姫〟は違うんだろ？」

「違いない。醜い顔を隠すためのヴェールなんだろ。心まで腐ってんだろうな」

「うわあああん！　あのお姉ちゃん、怖いよう！」

無垢な子どもにまで泣かれる始末だ。次第に他人の視線が怖くなった。私に向けられるのは、いつだって侮蔑が混じった視線だ。

「みんなに嫌われているなんて。お姉様ったら可哀想！」

どんどん不幸になっていく私に対して、妹はいつだって愉快そうに笑っていた。

私が得るはずだったものをすべて手に入れた凜々花は、毎日が楽しそうだ。

高校卒業後、祓い屋のかたわらモデル・タレント業を始めた彼女は、まさに順風満帆といった様子だ。雑誌の表紙を飾り、テレビのCMやドラマに出演し、神崎家の代表という顔をして公の場に姿を現す。その癖、見目のいい男性を侍らせて遊び歩いている。

十八になったというのに、いまだに屋敷の離れに軟禁されている私とは大違い。

悔しかった。辛かった。なにもかもが上手くいかない。私にはなにも残らない……。

普通なら、精神を病んでもおかしくない。でも、私はギリギリのところで耐えていた。

「亡くなったお母様のためにも、家を守らなくちゃ……」

それが、母を殺してしまった私の責務。どんなに悪評をばらまかれても、化け物と蔑まれても、凜々花に私物や立場を奪われても――耐えなければならない。

父に言われるがまま、なんでもした。母親を殺してしまうほどの〝吸命〟の威力はすさまじく、私の祓い屋としての実力はずば抜けている。数え切れないほどの怪異を倒した。がむしゃらに怪異を斬って、斬って、斬り続けた。

その甲斐もあって、わが家の名声はかつてないほどだ。名実共に日本一と言われている。満足だったた。たとえ、自分が欠片も評価されてなかったとしても、構わないとさえ思っていたのだ。そんな生活も、十八歳になった時に終わりを告げる。

「神崎家は凜々花に継がせる。お前は龍ヶ峯家に嫁ぐんだ」

「家を……出ろと？」

「そうだ。婚姻後は二度と顔を見せるな。離婚されたとしてもだ」

――とうとう、家からも追い出されてしまうのか。

途端、心がぽっきりと折れたのがわかった。

すべて奪われ尽くしてしまった。家も地位もなにもかも。私にはなにも残っていない。死んだ母のために、家を守り続けることすらできなくなってしまった。足もとから底なし沼に呑み込まれていくような感覚がする。寒い。苦しい。なにもかもがどうでもいい。

――ぜんぶ、私のせい。

異能を暴走させ、母を殺してしまったのがすべての始まり。

自業自得なのだ。

死神の私には〝普通の幸福〟なんて望むべくもない。

「…………」

もう限界だった。それからは、日がな一日、ソファに座って過ごした。幸いなことに離れには誰も寄りつかない。静かな……静かすぎる空間は、いまの私にとっては優しい。

現実から目を逸らし、死人のように動かない生活は、思いのほか居心地がよかった。

すべてを諦めてしまえば、心が痛むことも動くこともない。

父から折檻されることもないし、妹からどんなに罵られたって心に響かない。

……ああ。もっと早く、こうしていればよかった。努力なんて無駄。楽な方へ楽な方へ流されていれば、こんなに苦しむことはなかったんだ。
ぼんやりと虚空を見つめて婚姻の日まで過ごした。
愛されたい、優しくされたい、誰かに慰めてもらいたい。
心が悲鳴を上げている事実から、ひたすら目を逸らしたまま。

第二話　死神姫の新婚生活

テレビから、レポーターの威勢のいい声が響いている。

『神崎家の快進撃が止まりません！　この頃、京都に出没していた大怪異を、次期当主である神崎凜々花さんを中心に組まれた討伐チームが見事討ち取りました！　一刻も早い討伐が望まれていたものの、龍ヶ峯家でさえ手をこまねいていたという難敵。それを、〝焔の美姫〟が鮮やかな手腕で討ち取ったとのことです！』

画面には、巨大な鬼の遺骸が映っていた。かなりの被害があったようだが、居合わせた人々の表情は明るい。

『本当に素晴らしい活躍でした！　凜々花さんのお陰で安心して暮らせます！』

カメラを向けられた女性が、興奮気味に語っている。

再びカメラに向かい合ったレポーターは、どこか誇らしげな表情で口を開いた。

『神崎凜々花さんの活躍に感謝の言葉がたくさん寄せられています！　宮内庁の発表によりますと、神崎凜々花さんには褒章の授与が検討されているそうで——』

プツン、とテレビの電源を切る。

——あの子、活躍しているのね。

静かになった室内で、私はそっと息を漏らした。ローテーブルには、新聞や雑誌が積まれている。そのどれにも、神崎家――ひいては、凜々花の活躍を報せる記事が載っていた。それらの記事にザッと目を通して、ため息と共に遠くに追いやる。

「馬鹿みたいね」

追放されたというのに、いまだに未練がましく実家の状況を確認するだなんて。家が心配だった。邪魔者扱いされ、追放されたというのに気がかりで仕方がない。いまの神崎家には直系が不在だ。万が一にでも状況が思わしくなかったら、亡くなった母が悲しむだろう。そう思ってチェックしていたのだけれど――

――思い上がりもはなはだしいな。

結果はごらんのとおりだ。

私がいなくても、なにも問題ない。直系の血なんて不要なのだ。

「……本当に救いようがない」

脱力して、ソファの背もたれに体を預けた。


龍ヶ峯家に嫁いでから、すでに一ヶ月ほどが経っている。

柔らかく大地を照らしていた春の陽差しが、夏を思わせる強さを発揮するようになっていた。溌剌とした青葉が世界を彩る中、私は今日も今日とて引きこもっている。

ソファに体を預けたまま、ぼんやりと室内を眺めた。自室はとても静かで、ここだけゆっくりと時が流れているようにも感じる。

——あまり、実家にいた頃と変わりないかも。

ふとそんな風に思って、苦く笑った。

この部屋には、使用人は最低限しか近寄らない。

いや、近寄らないように私が命じていた。

ここは龍ヶ峯家の別宅だ。すでに当主の座を譲った夫に宛(あて)がわれた家である。

名家だけあって、屋敷の規模も相当なものだった。普通の家庭とは訳が違う。当然のようにおおぜいの使用人が雇われていた。形ばかりの婚姻とはいえ、嫁いできた当初は、使用人たちも私の世話をしてくれようとしたのだ。一応、私は女主人である。雇われている以上、放っておけなかったのだろう。

でも——すべて拒否した。

『放っておいてほしいの。食事も自分で用意するから』

『世話や気遣いはいらない。別の仕事をしてちょうだい』

そう言って、屋敷の隅にある自室に引きこもる。頑なに拒否しているうちに、彼らは私に近寄らなくなった。いまでは遠巻きに見ているだけだ。中には「死神姫は婚家を蔑ろにしている。お高く止まっている」などと、的外れな中傷を口にする者もいたけど——

——お互いのためなのにね。

黒いヴェールの下で、そっと息をもらした。

私は普通じゃない。母親を殺してしまうほどの危険人物なのだ。

ヴェールの効果だって完全じゃないかもしれない。他人とは距離を置くべきだ。たとえ、私自身がどれだけ孤独に苛まれようとも、誰かの命には代えられないのだから……。

「仕方ない。そういう生き方しかできないんだから」

使用人としての義務を果たそうとしている彼らには、申し訳ないけれど。

絶対に馴れ合わない。馴れ合えない。誰かを側に置いておけない。

たぶんそうやって、私は生きていくのだ。すべての人間を遠ざけて、明るい世界をヴェール越しに眺めているだけの人生。

「…………」

胸がちくりと痛んで、硬く目を閉じた。

――じゅうぶんじゃない。これ以上、なにを望むの？　ここにお父様はいない。折檻してくる人間も、私を閉じ込める地下牢も、嫌みを言ってくる凜々花もいないんだから。

まるで天国じゃないか――

心の中で冗談めかしてみる。でも、ちっとも笑えなかった。

とはいえ、神崎家にいた頃より快適なのは事実だ。

ライバル家に嫁ぐなんて、相当な嫌がらせや虐めが待っているはずだと覚悟していたのに、いまのところ表立って敵意を向けてくる人間はいない。私は〝死神姫〟だ。触らぬ神に崇りなしと遠巻きに見られているだけかもしれないけれど……。

夫とも、結婚式から顔を合わせていない。祓い屋の仕事があるからと、式の最中に地方へ行ってしまったからだ。先ほどのニュースに出ていた大怪異の討伐に、最初にあたったのが龍ヶ峯雪嗣率いる祓い屋たちだ。一ヶ月経っても戻らないと思ったら、苦戦していたらしい。結局はライバルである神崎家に手柄を奪われたようだ。

——私も戦えたのに……。

私の能力は凜々花に引けを取らない。〝死神姫〟の実力さえあれば、龍ヶ峯家が神崎家に後れを取るようなことは——

「ううん。龍ヶ峯が私を頼る訳がないよね」

夫からすれば、嫁いできただけの信頼できない相手だ。

妹を虐げていると言われている人間に、背中を預けたくはないだろう。

それに——

「私の手柄はぜんぶ凜々花のものにされてきたから……」

もしかしたら、夫は私の祓い屋としての実力を知らない可能性もある。

父が私を送り込む怪異討伐の現場は、たいがい僻地で相手は危険度の高い怪異だった。〝あわよくば死んでほしい〟と言わんばかりの危機的な状況ばかり。家のためにと命懸けで戦ってきたけれども——その実績すら異母妹に奪われている。龍ヶ峯家からすれば、直系であるだけの、でくの坊に見えているはずだ。

「私って、役立たず」

生きているだけの穀潰し。

その価値を正しく理解しているからこそ、夫は結婚式を途中で放り出したのだろう。

「あ……」

瞬間、あまりにも惨めで唇が震えた。じわじわと絶望がこみ上げてくる。駄目だ。もうどうでもいいって、諦めるって決めたのに。どこかに往生際が悪い自分がいる。

「もうやだ」

寂しい、辛い、もう初夏の気配がしているというのに、なんだか寒い。

本音を呑み込んで、ソファに横たわって丸くなった。

式の最中に花婿がいなくなったことも。

初夜どころか、式以来、ずっと放置されてることもどうでもいい。

平穏に過ごせていることを喜ぶべきだと、自分を慰める。

これは白い結婚。婚姻を結んだこと、それ自体に意味があるのだから。

――離縁されるまでは、この家に置いてもらえるはず。

いつか訪れるはずの、別れの日を思う。

無理やり結婚させられた夫も、役に立たない嫁をそのままにはしておかないだろう。両家から見て義務を果たしたと判断されれば、いずれ離縁を申し渡されるはずだ。

「家を追い出された後は……」

ふるふるとかぶりを振る。

自分の末路なんて、いまは考えたくはなかった。

どうせどこへも行けないのだ。頭を真っ白にして過ごそう。婚姻を機に、母が私名義で貯めていたお金を自由に使えるようになった。インターネットがあるから、自宅にいながら大抵のものが手に入るはずだ。

——便利な時代に生まれてよかった。

お金があるうちは苦労しないはずと安堵する。

こうなったら、残り少ない平穏な時間を満喫しよう。

邪魔する人間はいないはずだ——

そう思っていたのに。

「奥様、昼食をお持ちしました」

ノックと共に、扉の向こうから硬い声がして、思わず眉を顰(ひそ)めてしまった。

……そうだった。すっかり忘れていた。

龍ヶ峯家には、なんとも強情な使用人がいるのだ。

＊

そろそろと扉を開けると、廊下にふたりの人物が立っているのがわかった。

ワゴンを押している中年の女性使用人と、執事服の男性だ。いっそ憐れなほど青ざめている女性と比べ、男性はまるで私に臆する様子がない。

男性は、短めの黒髪を後ろに撫でつけ、銀縁眼鏡をかけている。糊（のり）の利いたシャツにベスト。艶やかな革靴。レンズ越しに、私に厳しい視線を投げかけているのが、別邸を仕切っているという織守欣也（おりもりきんや）だ。

「今日こそは食べてもらいますからね」

織守にジロリと睨みつけられて、体が小さく震えた。どうやら、私が食事を拒否しているのが気に入らないようだ。近寄るなと牽制しても、織守はことあるごとに私に関わりたがった。夫の側近らしいので、仕事に対して矜持があるのかもしれない。

「いっ……いりません」

声がうわずる。あまり人と親しくした記憶がない私は会話が苦手だった。まごつく私を、織守は不愉快そうに見つめている。深く嘆息すると、吐き捨てるように言った。

「なぜです。龍ヶ峯の人間が、花嫁を虐げていると悪評が立ったら困るのですが」

「悪評なんてっ。た、立つはずが……」

「なにもわかっていらっしゃらないんですね。龍ヶ峯家を蹴落とそうと考えている人間は、おおぜいいます。その筆頭が神崎家だ。意味がわかりますね？」

「……ッ！」

織守の言い分はもっともだ。私を冷遇したと情報が漏れたら、父はまっ先に利用するだろう。メディアの前であることないこと話す父の姿が、ありありと想像できた。

でも――従う訳にはいかない。

そもそも、私には〝普通の〟食事は必要ないのだ。逆に用意されても困る。

「ご、ごめんなさい。やっぱりいらないから……」

そっとかぶりを振って、扉を閉めようとする。

途端、勢いよく扉を摑んだ織守が、顔を真っ赤にして激昂した。

「どうしてここまで説明しても受け入れないのですか！　たかが食事でしょう。意地を張るのはやめたらどうです。それとも、我々が毒を入れるとでも⁉」

「ひっ……‼」

「ろくでもない花嫁だ。あなたはやはり敵だ‼」

怒りの感情を隠しもしない織守に、ガタガタと震えた。

怖い。嫌だ。父のような怒声を浴びせられ、折檻された記憶が頭を過る。自分は龍ヶ峯の敵になるつもりはない。そう否定したくても、喉が詰まったみたいになって声が出なくなった。それに、なにを言っても無駄だと思ってしまう。だって――

――私は化け物だもの。人の言葉を話すだけの化け物。理解してもらえるはずがない。

冷たくなった手で体を両手で抱き締めた。もう嫌だ。すぐにでも扉を閉めてしまいたい。すべてをシャットダウンして、布団に包まりたい。

「………」

顔色をなくし、怯えを見せた私を織守は冷めた目で見つめている。

「反論すらしないんですか。罵倒を甘んじて受け入れると？　神崎家の人間の癖に。しおらしくしても騙されませんよ。奥様がどういう人間かはわかっています」

　彼はどこまでも忌々しそうに、私に言った。

「神崎家の厄介者〝死神姫〟。本性を隠しても無駄です。なんであなたのような人が雪嗣様の花嫁に選ばれたのか。……ああ、とんだ貧乏くじだ」

　織守にとって、目の前の私は〝死神姫〟であり、美しい妹を虐げる姉であるのだろう。

　別に好かれたいなんて思っていない。それでも、見ず知らずの人間に、勝手に抱かれたイメージのまま決めつけられるのはキツかった。

　――きっと、凜々花だったら歓迎されていたんでしょうね。

　誰からも愛される〝焰の美姫〟。忌まわしい〝死神姫〟とは大違い。

　じくり、じくりと胸が痛む。唇を噛みしめると、血の味が口内に広がっていった。なんとも言えない虚無感に見舞われる。ヴェールの向こうの世界がいっそう色褪せた気がして、無性におかしくなった。

　本当の私を見ようともしない癖に。

　どうして、私ばかりが責められないといけないの。

　――ああ。ああ。もう、どうでもいいや。

「なにを笑ってるんです」

「……別に」

　怪訝そうな織守に、初めて自分から視線を向けた。

――彼に食事が不要な理由を明かそう。

ここまで嫌われているのなら、もっと嫌われてしまおうと思った。

本当は知られたくなかったけれど――

なんだか疲れてしまったから。これ以上、彼に煩わされたくない。

「ちょっとごめんなさい」

ヨロヨロと食事が載ったワゴンに近寄って行った。

「な、なにを――」

「食事が不要な理由を、おし、教えてあげる」

「――は!?」

戸惑いの声を無視して、ワゴンに目を遣った。さすがは名家だ。受け入れがたい花嫁にも、一流の食事を用意してくれるらしい。ローストチキンのサンドイッチ、コーンポタージュに、彩り鮮やかなサラダにフルーツ。中でも、デザートとして用意されたオレンジは瑞々しく、たっぷり詰まった果肉は甘そうだった。

「見ていて」

口もとだけが見える程度にヴェールを持ち上げる。

おもむろにオレンジを手にして、口へ近づけていった。

「「……!!」」

瞬間、オレンジの果肉が萎んでいく。

驚いているふたりに、私はしどろもどろに説明を始めた。

「こ、このヴェールは〝吸命〟の異能を封じ込めてくれています。でも、そ、それは体の表面までなの。体内までは効果が及ばないから……普通のご飯は食べられない」

新鮮な果物や野菜、調理したての料理には生命力が残っている。それらを私が食べようとすると、口に入れる前に干からびてしまうのが常だった。

だから、普通の食事は摂れない。用意してもらっても困るのだ。

そう言おうとして、視線を上げる。

途端、ふたりが浮かべている表情を目にしてしまって、ギュッと胸が詰まった。

血の気の引いた顔。見開かれた目。引きつった口もと。隠し切れない怯え。

それほど長くはない人生で、何度も何度も目にした光景だった。

ふと、妹の言葉を思い出す。彼女は私の異能を目にするたび、いつもこう言っていた。

『ねえ、お姉様って――』

「化け物よね」

自分でもそう思う。だから、彼らにも同意を求めた。

「ひいっ!!」

瞬間、弾かれたように女性使用人が逃げ出した。

パタパタと走り去っていくのを眺めて、立ち尽くしている織守に視線を向ける。

彼は怯えを浮かべながらも、必死に冷静さを保っているようだった。さすがは別邸を取り仕切るだけはある。彼の胆力に内心で賞賛を贈りながら、フッと小さく笑んだ。

「こういう、り、理由だから。私に食事を用意するのは、もったいないです」

「…………」

おずおずと告げて、ワゴンの上に干からびたオレンジを置いた。

からん、と乾いた音が響く。あれほど私を責め立てていた織守からの反応はない。

――たぶん、わかってもらえたよね。

これで厄介事が減ったはずだ。

……ますます、使用人たちからは距離を取られるだろうけど。

背を向けて部屋に戻ろうとする。ふと、廊下の向こうに男性の姿を見つけた。

「……！」

龍ヶ峯雪嗣だ。京都から戻ってきたばかりなのだろうか。錆(さび)ねず色の小袖に白い羽織姿の彼は、腰に帯剣していた。いかにも仕事後といった雰囲気だ。彼は驚いたような表情で私を見つめている。

――やり取りを聞かれた？

さあっと血の気が引いて行く。

慌てて、勢いよく扉を閉めた。しっかり施錠した後、ズルズルとその場に座り込む。

「はあああ……」

深くため息をこぼして、膝を抱えて硬く目を瞑った。

「知られたく、なかったな……」

一瞬でも笑顔を向けてくれた夫には、まだ人間だと思っていてほしかった。たとえ無駄な足掻きだとわかっていても——

「馬鹿みたい」

いつかはバレるのだ。むしろ余計な手間が省けたと喜ぶべき……。あの笑顔だって、見間違えかもしれないのだし。

そんな風に思いながらも、どんどん気分が沈んでいくのがわかる。精神状態は最悪だった。なにも考えず、今日は寝て過ごそうか。そう思っていたのに。

——ぐう。

お腹が主張を始めて、思わずため息をこぼした。

＊

部屋にこもりっぱなしで、たいした運動もしてないのに、なんでお腹が空くのだろう。律儀に栄養を要求する体を恨めしく思う。ノロノロと移動して、部屋の隅に放置した段ボールに手を突っ込んだ。取り出したのは、ブロック形のバランス栄養食と精製水、マルチビタミンのサプリだ。ヴェールを外し、ソファの上に寝そべって、もそもそと食べ始める。普通の食事ができない私にとって、これらは貴重な栄養源だった。さすがに加工品ともなると、生命力は宿っていないらしい。私にも問題なく口にすることができる。

「……あのご飯、すっごく美味しそうだったな」

ぽつりとつぶやいて、再びバランス栄養食に齧りついた。

パサパサとした食感と、科学的に調整された味。異能を発動させた六歳以来、ずっと親しんできた味である。あれから十二年だ。すっかり普通の食事の味は忘れてしまった。

「……最後に食べた普通のものってなんだったかな」

あれは確か、母が倒れる直前だった。庭で一緒におやつを食べたのだ。

「フルーツタルトだっけ。料理長がいちばん得意なお菓子……」

バターがたっぷり利いたサクサクの生地の上に、宝石みたいにきらきらしたフルーツが山盛り載っていた。口の中に入れると、じゅわっと果汁があふれてくる。おやつに登場した時は、とてもじゃないけど一切れじゃ足りなくて、何度もお代わりを要求したっけ。

『夕飯が食べられなくなるでしょ。二切れまでにしなさい』

『ええ～！　やだ！　もっと食べたい』

『わがまま言わないの。また作ってもらえばいいでしょう？』

『またっていつなの！』駄々をこねる私を、母が笑って眺めていたのを覚えている。

――まあ、二度と料理長のタルトは口にできなくなってしまったんだけど。

「また食べたいな……」

ぽつりとこぼして、思わず笑ってしまった。

「絶対に叶わないのに。まだ未練があるなんて」

私ってば、本当に諦めが悪い。

なんだかムシャクシャして、もうひとつバランス栄養食の箱を開けた。今度はチョコレート味だ。甘ったるいクッキーをむしゃむしゃ嚙みしめて、ゴクリと飲み込む。

「………」

虚しかった。自動的に涙があふれてくるものの、泣くことに慣れすぎて、嗚咽すら出てこない。ただ涙が頰を伝っていくのを感じながら、機械的に食事を口に運ぶ。

「ごちそうさま」

あまりにも淡泊な食事を終えると、手早くゴミを片付け、適当に涙を拭う。ティッシュで洟をかんだらすっきりした。お腹は満たされたし、これからなにをしよう。役立たずで邪魔者の〝死神姫〟に、特にやるべき仕事も義務もなかった。

──神崎家にいた頃は、怪異退治の仕事があったけど……。

戦う義務すら奪われた私は、時間を持て余している。

「暇だなあ」

まだ昼を過ぎたばかりだ。一日が長い。

読みたい本もないし、テレビを点ける気にもなれない。日本のテレビは食べもの関連の特集が多すぎる。それに、異母妹が出演しているＣＭでも流れたら目も当てられない。

「やることがない……」

あまりにも空っぽなスケジュールに、笑い出しそうになった。当主教育が大変だった頃が懐かしい。でも、今後はこれが私の日常になる。少しずつ慣れなくては。

「庭に出てみようかな」

ふいに思い立って、ヴェールを被り直した。

私の部屋は一階にある。庭に面した窓を開ければ、簡単に外に出られた。

庭師によって完璧に整えられた庭。初夏の花々が綺麗に咲き誇っている。青々とした芝生が絨毯のように広がっていた。窓を開けた途端、蟬の鳴き声が鼓膜を震わせる。汗がじわじわ滲んでくるような陽気が、夏の訪れを感じさせてくれた。

「あれ？」

いざ下りてみようと思ったものの、外履きが見あたらないのに気づく。

「困ったな……」

——そうだ。素足で、外に出てみる？

ふと、そんな考えが脳裏に浮かぶ。整えられた芝は柔らかいだろうし、清掃が入っているのか、小石ひとつ転がっていない。足裏を痛めたりはしないだろう。

——小さい頃は、よく庭を裸足で駆け回ってたなあ。

久しぶりにやってみたくなった。

ああ。でも——

もしも、私のせいで綺麗な芝が枯れてしまったら？

『つべこべ言わずに生命力を奪え！』

瞬間、父の怒声が脳裏に蘇ってきて息が詰まった。

ドクドクと心臓が早鐘を打ち始める。粘ついた汗が噴き出してきて気持ち悪い。

トラウマが喚び起こされ、血の気が引いた私はその場に蹲ってしまった。

「い、嫌。嫌だ。絶対に嫌……！」

過呼吸を起こして、浅い息を繰り返す。意識的にゆっくりと息を吐いて、なんとか回復を図った。体が震えて仕方がない。その時、脳内を占めていたのは〝吸命〟を使いたくないということだけだ。

――ここまで私が拒否反応を起こすのには、とうぜん理由がある。

〝吸命〟の異能者は、他者の生命力がないと実力が発揮できない。当主であった母には、一族の人間が生命力を分け与えていた。でも、私なんかに誰も生命力を融通してくれない。

しかし、父は私に怪異退治をさせたがった。さすがに、異能の補助なしで戦場に放り込むのは気の毒に思ったのだろう。父は私に半ば強制的に生命力を補充させた。

用意したのは――彼にとって価値がない生き物だ。

安く仕入れられる小鳥や鼠、保健所から引き取ってきた小動物――

戦うために、私はそれらから生命力を奪わざるを得なかった。小さな生き物は人間より生命力が少ない。結果的に、生贄にされたそれらはことごとく命を失ってしまった。

『ごめんね。ごめん。ごめんなさいッ……！』

ひとつ命を奪うたび。

手の中で生き物が息を引き取るたび。

私は泣いた。泣きじゃくった。

なんでこんな力を持って生まれてしまったのだろう。人の世にいていい存在とは思えない。戦いを重ねるたびに自分が嫌いになっていく。そうしているうち、〝吸命〟を想起するたび、パニックを起こすようになってしまった。

「落ち着け。落ち着け……」

ふらつく体に鞭打って、四つん這いになって移動した。やっとのことで窓際に腰を下ろす。体調が落ち着くまで待とうと思っていると、ふいに風が悪戯をした。

ふわり。ヴェールが風に躍った。いつも黒いレースで覆われている世界が、一瞬だけクリアになる。目の前に広がっていたのは、初夏らしい青々とした光景だった。

さわさわと庭木が騒いでいる。木洩れ日がきらきらと地面に落ちていた。鳥の声。土の匂い。花々が風にそよいでいる。命にあふれた美しい眺め……。

私が触れてはいけないものだ。

壊しちゃいけないものだ。

遠くで眺めているくらいがちょうどいい。

ぬるい涙が頬を伝っていく。

人間は、感情の昂ぶりを落ち着けるために涙を流すらしい。悲しい時も、辛い時も、嬉しい時も目的は変わらない。自分の心を守るために涙は存在している。なのに、泣いている私の心はひどく凪いでいた。悲しいとは欠片も思っていない。感情はどこまでも平坦だ。それなのに、不必要なほどに涙があふれてくる。心と体がかみ合っていないようだった。それはまるで、私のこれからの人生を象徴するようで。嫌だ、苦しいと騒ぐ心から目を逸らして、いつものようにぼんやりと宙に視線を遊ばせた。

　これでいい。もう、こういう生き方しかできない。

　この時まで、私はそう信じ込んでいた。

「泣いているの、雛乃さん」

　ふいに耳に飛び込んで来た声の主が、私の人生をがらりと変えてくれるなんて――

　欠片も想像していなかったのだ。

＊

　夏の燦々(さんさん)とした陽差しでまぶしいくらいの庭に、ひとりの男性が立っている。

　私と視線が合うと、紺碧の海を思わせる瞳が柔らかく細まった。

　夫だ。白い髪に陽光が透けている。和装から白いシャツとスラックスに着替えた彼は、早朝の空気のような清廉さをまとっていた。

「……っ！」

息を吞んで、思わず勢いよく立ち上がった。

どうして彼がここにいるの。まさか私に会いにきた？　白い結婚である。盟約を果たすためだけに結ばれた契約婚だ。滅多に顔を合わせることもないだろうと思っていたのに。

――どういう反応を返せばいいの……？

突然すぎて、なにも心構えができていなかった。挨拶をするのが無難だろうか。ああ。頭が混乱する。形だけの花嫁なんかに用はないだろうに！

――もしかして、私に文句を言いにきたのかな。

はたと気がついた。織守と揉めている場面を目撃されたばかりだ。側近を煩わせるなと、使用人たちを怯えさせるなと苦言を呈されてもおかしくはない。彼はこの家の主人だ。家の中に入り込んだ異分子を見張る権利がある。もちろん排除する権利も、だ。

――ああ。きっと怒られる。いきなり離婚を宣告されるかもしれない。

心の中がグチャグチャになった。

身の置き所がなくなって、キョロキョロと不自然に視線をさまよわせる。

「……雛乃さん？」

黙り込んでいる私を、夫は不思議そうに見つめていた。

ジリジリと後ずさっていると、陽差しがますます強くなって、周囲の影が更に濃くなったのがわかった。ミィン、と遠くで蟬が鳴いている。燦々と陽光が降り注ぐ庭に立つ夫と、昏い影の中にいる私。その境目はくっきりと際立っていて、私たちの違いを証明しているようでもあった。

「あの――」

「ご、ごめんなさっ……！」

謝罪の言葉を口にして、逃げ出そうとした。

私がなにを言っても無駄だろう。相手を怯えさせないように、不快にさせないように、目の前から去ることがいちばんだと思ったのだ。

だから、彼に背を向けた。動揺を押し隠しながら、室内に逃げ込もうとした。

逃げるのは簡単だ。誰も私を止められない。だって、誰も触れようとしないから。触れられないから。〝吸命〟という私の異能と〝死神姫〟という悪名はあまりにも有名だ。

そう思っていたのに――

「待って！」

「あ……」

つんのめって、思わず足を止めた。

驚きのあまり目を見開く。夫が私の腕を摑んでいたからだ。

「逃げないで」

紺碧の瞳が懇願するように揺れていた。

――信じられない！

あまりにも命知らずな行動に、はくはくと口を開閉する。摑まれた腕が痛い。手を伸ばせば届くくらいの距離に他人がいる。あまりにも久しぶりの状況に頭が混乱した。

「は、離れッ……」

思わず強く体を引いた。

彼を危険に晒したらいけない。その一心だった。

「……あ」

瞬間、ヴェールがズレ始めた。コームの差し込みが甘かったらしい。するするとヴェールが滑り落ちる。黒いレースで覆われていた視界が広くなった。陽光が目にまぶしい。汗ばんだ首元を風が撫ぜていった。ひた、と紺碧の瞳と目が合う。夏空のような、南の海のような碧色に視線が奪われる。ひゅう、と息を呑んで――

「いやあああああああああああああっ!!」

私は悲鳴を上げた。

「雛乃さんッ!?」

夫が困惑の声を上げている。

だけど、私は構わずに力いっぱい暴れた。

彼の手を振り払わなければならない。逃げなくてはならない。離れなくてはならない。

ああ。ああ、どうしてなの！　こんなことはしたくないのに。しなくてもいいのに！

い、い、い、い、い、い、い、い、い、い、い、い、い、

私の意思とは関係なく、全身に彼の生命力が満ちてくる。

脳裏に浮かんでいるのは、地面に倒れて動かなくなった母の姿だ。私が殺してしまった

人だ。なにより大切だったのに、人生を奪ってしまった人——そして、山のように積み重なった小動物の死体だった。

もう二度と同じ過ちは犯したくない。なのに、生まれ持った異能が許してくれない。容赦なく、目の前の人の生命力を奪っていく。感情が荒ぶるのにつれて〝吸命〟の力も増しているらしい。近くの芝も枯れ始めた。緑が色を失っていく。潤いをなくしていく。

〝死〟が——広がっていく。殺してしまう。目の前の人を。また私が！

「ああああああああああ!!」

嫌だ、嫌だ、嫌だ、嫌だ、嫌だ。もう——なにもかもが嫌だ。

私は誰の人生も奪いたくはない。誰も不幸にはしたくないのに!!

「大丈夫だから。落ち着いて」

瞬間、強い力で引き寄せられた。

「……!?」

自分ではない匂いに包まれて、硬直する。

ヴェールを被ってもいないのに視界が昏い。気がつけば、夫の腕の中にいた。

龍ヶ峯雪嗣という人は、見た目よりも筋肉質なようだった。柔らかくもないが、堅くもない。なにより——温かい。他人の温度を感じるのは、いったい何年振りだろう。

心が震えた。ぎゅうっと胸が苦しくなる。涙腺が意味もなく熱くなって、逃げ出したいのに、逃げなくちゃいけないのに、なぜだか体が上手く動かない。

「は、離して……」

絞り出した声は、どうしようもなく掠れていた。

「あなたが、しん、死んじゃいますから」

必死に懇願する。どうか離して。私みたいな化け物に触れないで。あなたが不幸になるだけだから。私なんかに構ったらいけない……。

なのに──

「大丈夫だって言ったよね。僕は君の能力では傷つかない」

はっきりと断言した夫は、私を腕の中に閉じ込めたまま話し始めた。

「君も知っているはずだ。神崎家が吸血鬼と交わって強力な異能を獲得したように、龍ヶ峯家も特別な怪異と交わった」

もちろん知っていた。それが、祓い屋の名家である証とも言えるからだ。

──そういえば。

はたと、ある事実に気がつく。龍ヶ峯家が交わった怪異は──

「わが家のルーツは竜宮伝説にある。龍人と交わって得た異能は〝不老不死〟」

「……!!」

瞠目した私に、夫はどこまでも優しげな声で言った。

「安心して。いくら〝吸命〟で生命力を奪われても、僕はびくともしない。あなたと一緒にいても、なんら問題はないんだ。平気なんだよ」

「あ……」

とたん、体中の力が抜けてしまった。地べたに座り込みそうになる私を、夫が支えてくれている。力強い手だった。触れている場所のすべてが温かい。ずっと触れ合っていたいと思うくらいの心地よさ。でも——私は両手で彼の体を押しのけて拒絶した。

「し、信じられません」

あまりにも私に都合が良すぎる。彼の言葉を鵜呑みになんてできなかった。

告げられた言葉が嘘だったら？　痩せ我慢だったら？　取り返しのつかないことになる。嘘や冗談じゃすまされない。自分の化け物具合は嫌というほど理解していた。

「からかわないで。やめて……」

そんな夢みたいなことを言わないで。これ以上、私を傷つけないでほしい。心は傷だらけで、もう血を流す場所がないくらいなのだ。優しい嘘なんていらない。

なのに——口から拒絶の言葉を吐く癖に、足はちっとも動かなかった。

逃げ出さなくちゃ。距離を取らなくちゃ。

頭ではそう理解しているはずなのに。期待している自分がいる。萎れた花が天からの恵みの雨を希うように、優しい言葉を待ってしまっていた。

だって、仕方がないじゃないか。

すべてを奪われて、帰る場所がない私の夫となった人が。私からすれば奇蹟みたいな異能を持っていたら——？　側にいても迷惑にはならない。無害でいられる。このどうしようもない罪悪感から、多少は逃れられるかもしれない。愚かな私の足はピクリとも動こうとしなかった。浅ましい——そんな風に思ってしまうくらいに。

「……やめない。やめる必要もない。からかってもいないからね」

私の葛藤を知ってか知らずか、夫はくすりと笑んだ。

ゆっくりと距離を詰めてくる。明るい世界で生きているはずの彼が、私と同じ昏い影の世界にいた。絶対に侵されないはずの境界線をいとも簡単に踏み越えている。

再び私を腕の中に閉じ込めた夫は、そっと囁くように言った。

「信じて。本当に僕は君の異能で傷ついたりしないから」

大きな手が私の頭を撫でていた。慈しむように、愛でるように。さらさらと髪の表面を撫でられる感触に、体が小さく震えた。

「ようやく会えた。婚姻からずいぶん時間が経ってしまったね。放っておくつもりはなかった。でも、やらねばならないことが多くて、そちらを優先せざるを得なかったんだ。結婚式も。すごく楽しみにしてたのに、台なしにしてしまって……謝らせてほしい」

「……え？」

パチパチと目を瞬いた私に、雪嗣さんはふわりと柔らかく笑む。〝死にたがり〟で、他人に淡泊な冷血漢だなんて前評判からは、ちっとも想像できない雰囲気。

あの日、花嫁行列で見せてくれたのと、同じ笑顔だった。

「これだけは言っておくよ。君は望まれてここにいる」

感情の伴わない、上辺だけの結婚。

そういう結婚のはずなのに、夫は違うのだと語る。

「う、嘘だ」

息が止まりそうだった。頭が真っ白だ。間抜けな声を上げた私に、彼は続けて言った。

「本当だよ？　僕が君との結婚を希望したんだ。古い盟約を持ち出してまで、こちらから神崎家に婚姻の申し込みをした。なのに」

ギュッと眉根を寄せる。彼は、どこか怒りを堪えているようだった。

「根回しが足りなかったみたいだ。親戚たちの無礼を赦してほしい。もう、二度とあんな風に君を悲しませたりはしない。護ると誓うから――どうか、お願いだ」

ゆらりと紺碧の瞳が揺れる。南の海とも夏空とも思える瞳の奥に、どうしようもない熱がくすぶっている気がして、なんだか落ち着かない気分になった。

「僕の側にいてほしいんだ」

夫はひどく優しい手付きで私を抱き締めた。その声には、切実な響きがある。

――まるで、本当に私がほしかった、みたいだ……。

瞬間、じわりと顔が熱を持った。訳がわからない。頭の中がグチャグチャだ。わかるのは、彼の温もりに惑わされている自分がいることだけ。

「ともかく、僕らには時間が必要だと思う。ゆっくりお互いを理解していきたいんだ。認識の齟齬（そご）もあるみたいだし」

まるで大切なもののように、彼は私の背中を撫でている。

そして、なんだかやけにしみじみと夫は言った。

「改めまして。こんにちは奥さん。僕たちの婚姻はね、きっと〝運命〟なんだよ」

囁かれた言葉に、傷つき疲れ果てていた心が確かに震えた。

――ミィン。蟬の鳴き声が辺りに満ちている。

私の内心は荒れに荒れていた。

なにが真実なのかわからない。ただひたすらに混乱していて。

――だけど。

熱かった。夏の気配が満ち始めた空気が。

服越しに伝わる夫の体温が。

頰を伝った涙の熱が。

慣れない温度にどこまでも翻弄される。寄る辺のない船でさまよう旅人のように、ふわふわと落ち着かない気持ちのまま、ただ呆然と彼の腕に囚われていた。


この日から、私の新婚生活は変わった。変わってしまった。

夫が、変えてくれたのだ。

昏い海の底で、明るい場所をただ見上げているだけだった私の世界に。

彼という一筋の光が、差し込んできた瞬間だった。

第三話　死神姫と色づいていく世界、そして温もり

龍ヶ峯雪嗣。前龍ヶ峯家当主で〝不老不死〟の異能を持っている。

二十代半ばくらいに見えるが、実際は二百年以上生きているそうだ。〝死にたがり〟の異名で知られていて、怪異に対して残酷で容赦がない――

そして、周囲の人間に対して淡泊で、誰にも心を開かない冷血漢である。

これらが、婚姻前に凜々花から聞いた情報。私が知る夫のすべてだった。

異母妹からの情報だ。いまいち信憑性に欠けるが、彼と再会した日まで、私は真実であるとすっかり信じ込んでいた。過去に怪異討伐へ赴いた際、彼が戦う姿を見かけたからだ。

白い髪を返り血で紅く染め、自らの命を顧みない戦いは圧倒的だった。当時は、対立している家同士の人間だったから、けっして話しかけたりはしなかったけれど――

誰よりも危険な場所で刀を振るう彼の姿は、とても刹那的で。

自身を慕っているであろう部下へ向ける瞳は、どこまでも凍てついていたから。

おそらく評判通りの人間なのだろう。そう思っていた。

――それなのに。

噂なんて本当にあてにならない。

私の夫となった人は、前評判とはまるで違った。

彼が、こんなにも愛情にあふれて優しい人間だったなんて。

誰も教えてくれなかったじゃないか。

＊

「おはよう。今日も暑いねえ」

夫と衝撃的な再会を果たした次の日。朝日が力強さを取り戻し、夏らしいうだるような暑さに世界が包まれた頃に、彼が私の自室を訪ねてきた。

「お、おはよう……ございます？」

しどろもどろに挨拶をした私に、彼は笑みを浮かべた。その表情に負の感情は見られないが、いつだって誰かに見下されていた私は怯えの色を隠せないでいた。

今日の彼は和装だ。藤色の麻の浴衣が涼しげで、色素の薄い彼にとても似合っている。

「なんの御用ですか……？」

怯えを滲ませた私に、夫はのんびりとした調子で言った。

「嫁いでから、ずっと部屋から出ないでいると聞いたんだ」

ピクリと固まった私に「雛乃さんの事情はわかってるつもりだよ」と夫は笑んだ。

「部屋にいるのは構わないと思う。でも、退屈していない？　読書なんかどうかなって。いくつかおすすめの本を持って来たんだけど——。よかったら少し話さないか」

「…………」

「結婚してから、君と過ごせなかった時間を取り戻したいんだ」

言葉通り、彼の腕の中にはいくつかの文庫本が収まっていた。

暇なのは図星である。今日もどうやって時間を潰そうかと頭を悩ませていたところだ。

とはいえ——

「なにが、も、目的なんですか」

彼の申し出を受け入れようとは思えなかった。

ここは龍ヶ峯の別宅。いわば敵地だ。私は望まれない花嫁のはずで、夫の側近の織守だって、あれほど敵意を剝き出しにしていたではないか。

——昨日は、望んで花嫁に迎えたんだって言ってたけど……。

罠という可能性は捨て切れなかった。神崎家と龍ヶ峯家の確執は根深い。きっと、夫は私という存在を上手く利用するつもりなのだ。でないと、私に優しくする理由がない。

一晩経って冷静になった私は、昨日の夫の発言についてそう結論づけていた。

——気を許したら駄目。

たとえ、彼の存在がどれほど私にとっての救いになろうとも。

私を傷つけようとする人間とは距離を置きたい。

耐えられそうにないからだ。心が痛くて、苦しくて、もう我慢なんてできない。

「ほっ……放っておいてくれませんか」

だから、勇気を出して言った。私にしてはずいぶんとがんばった方である。実家では、口答えをした途端に鉄拳が飛んできていたから、いつもだんまりを決め込んでいた。

——殴られたっていい。いまの平穏を守りたい。だから、早くいなくなって……！

いつ罵声を浴びせられてもいいように、ギュッと強く目を瞑る。

なのに、いつまで経ってもなにも起こらなかった。

「……？」

不思議に思って、そろそろと瞼を開けると、悲しげな紺碧の瞳と視線がかち合った。

——あ。まつげまで白いんだなあ……。

初雪のような白に彩られた瞳が、やけに美しかった。紺碧が物憂げに揺れている。海を思わせる深い色に、たまらず視線が吸い寄せられた。

「ごめん。配慮が足りなかったね」

とたん、彼の口から飛び出た控えめな言葉に啞然としてしまった。

「え、あ、あの……」

気まずそうに視線を逸らす彼の様子に、思わずうろたえた。謝罪をもらう理由がない。放っておいてほしいと、私がわがままを言って、彼のやりたいことを妨げたのに。なぜ怒らないのかまるで理解できない。

「夫婦とはいえ、まだ信頼関係を築けていないのにね。気が逸(はや)ってしまった。他意はなかったんだけど。あまり……こういうことに慣れていなくて」

ちらりと手の中の本に視線を落とす。困り顔で彼は続けた。

「本当にすまない。今日のところは諦めるよ。でも──せっかく選んだから、本だけでもどうかな。読書が好きだと聞いたんだけど──」

──誰から？

ふと疑問が脳裏に過った。だが、私が読書好きなのはまぎれもない事実である。

──どうせ、暇なのだし……。

それくらいならと、小さくうなずく。

「よかった！」

途端に明るい表情になった夫に心臓が跳ねた。晴れた日の昼下がりみたいに穏やかな声。少し持ち上がった口角からは、不機嫌さは伝わってこなかった。

「君に無理強いはしたくないんだ。ちょっとずつ段階を踏むことにするよ」

私に本を渡した彼は、そう言って背を向けた。

「あ、あの！」

思わず声をかける。彼はすぐさま足を止めたが、咄嗟のことに言葉が出てこない。

このままじゃ、彼を不愉快にさせてしまう。愚図、ノロマと妹に怒鳴られた記憶が蘇って息が苦しい。でも──

彼の本意をちゃんと聞いてみたかった。

「どうして……？」

なんで私を気遣ってくれるのか。なんで私に怒鳴らないのか。なんで謝ったのか。なんで、なんで、なんで、なんで、なんで——

問いかけたい疑問は山ほどあるのに、ちっとも言葉にならなかった。

やっと絞り出した、たどたどしい問いかけ。明らかに言葉足らずなのに、彼は私の気持ちを汲んでくれたようだ。ふわりと目を細めて、なんだか楽しげに言った。

「君を大事にしたくて」

どこまでもシンプルな答え。

だからこそ、いろんな意味に受け取れもした。

「………」

彼の姿が見えなくなるまで、扉の前で立ち尽くす。ぼんやりしながら扉を閉めて、おもむろに手の中の文庫に視線を落とした。十代向けのファンタジー小説だ。現実とは似ても似つかない不思議な世界で、少年少女が夢を叶えるために活躍する物語。

「面白そう、かも」

自然と言葉がこぼれる。

表紙を指で撫でると、そこに彼の温もりが残っている気がした。

＊

それから、夫——雪嗣さんは毎朝のように私の部屋を訪れるようになった。

「今日のおすすめはこれだよ」

手には数冊の文庫本。そのどれもが、主人公の努力が報われる優しい物語ばかりだ。

私室の扉の前で、本の貸与を通じてひと言ふた言、会話をする。『段階を踏む』と彼が言っていたとおりの、穏やかなやり取りだ。

——この人は、どういう気持ちで私に会いに来ているのだろう。

私は敵方の家の人間で、〝死神姫〟だ。

誰もが嫌う化け物なのに。

「ありがとう、ございます……」

疑問を抱きながらも、特に断る理由もないので素直に本を受け取る。

——あ、これ。初めて貸してもらったお話の続刊だ……。

あれは面白かった。続きがあるなんて嬉しい。指先で背表紙を撫でる。終わったと思っていた物語の先を想像すると、自然と頬が緩んだ。

「また来るね」

「あ……」

気がつけば、雪嗣さんが背を向けている。

廊下に燦々と陽差しが差し込んでいた。まぶしいくらいの場所を悠々と進む彼。使用人らしき男性が声をかけた。凜とした彼の横顔が垣間見える。

「…………」

薄暗い部屋の前で、彼の後ろ姿をじっと見つめた。

白い髪に陽差しが透けて、輝いて見える。

――光を集めたような人。

私とは正反対だ。

わずかに目を細めた私は、手の中の本に視線を落とすと、そっと私室の扉を閉じた。


雪嗣さんがもたらしてくれた小説という娯楽は、退屈なだけの日々を変えてくれた。

物語は素晴らしい。読み進めるだけで別の人生を歩んだ気分になれる。ページを繰る手が止まらなかった。時に苦しい展開もあったり、憎たらしい悪役が登場したりもしたが、ハッピーエンドが待っていると思えば苦にならない。物語では、誰かの苦しみは昇華され、悪い人間は淘汰され、主人公の行く先には輝かしい未来が待っている……。私とは違うのだ。それがなにより嬉しかった。主人公の努力は、かならず実を結ぶし、評価もされる。

いや、されなければならない。

「どうしよう。すっごく面白かった……」

パタンと本を閉じて、余韻に浸る。

虚ろで灰色だった世界が、読書によってじんわりと色づいたような気がしていた。

相変わらず、私は孤独なままだったし、誰かと関わるのは必要最低限。だけど、砂を噛むような感覚は薄れつつあった。物語の主人公に自分を重ねて、なんだか〝まとも〟になれたみたいな――。ごくごくありふれた過去があったかのような幻想に浸る。

だからだろうか。十五巻にも及ぶ大作を読み終わった時、少し欲が湧いてしまった。

「また来るよ」

ある日のこと。本を渡し終えると、雪嗣さんはいつものように背を向けようとした。

彼の手には、昨日読み終えた大作の最終巻。いまだ読後の興奮感と幸福感に囚われていた私は、普段では考えられない行動力を発揮してしまった。

「ま、待って」

彼の浴衣の袖を摑む。目を丸くして立ち止まった彼に、必死に声を振り絞った。

「こ」

「……こ？」

「この本、おも、しろ、かった、です」

貸してくれて、ありがとう――

そう続けたかったのに、口の中がカラカラで。舌がくっついて声が出ない。

顔を強ばらせたまま固まってしまった私を、雪嗣さんは不思議そうな顔で眺めている。

――ああああああ。やっちゃった……。

とたん、後悔が押し寄せてくる。気づけば、薄暗い部屋の中から出てしまっていた。私なんかが、明るい世界に踏み込んでしまうなんて。こちらは雪嗣さんのような人間だけが許されている場所だ。場違い感がすごくて、己の行動があまりにも愚かしくて――

「ご、ごめんなさっ……」

慌てて後ずさる。都合が悪くなれば、謝罪をして逃げ出す。私の常套手段だった。

――でも。

彼はそんな私を逃がしてはくれなかった。

「だよね!?」

太陽みたいに明るい声。途端に輝き始める紺碧の瞳。興奮気味に頬を緩めた彼が、私に近づく。さらさらの白い髪が揺れる。距離が近い。闇と光の境目が曖昧になった。

「これ、僕がいちばん好きな話なんだ！」

日向で心地よさげに目を細めた猫みたいな顔。

「気に入ってくれてよかった」

「……！」

瞬間、火が付いたみたいに頬が熱くなった。

「は、はいっ……」

気恥ずかしくて、自然と顔を逸らした。彼の顔を見ていられない。そんな馬鹿な。私なんかに、あんな優しい笑顔を向けてくれるなんて。じわじわと体が熱を持つ。ヴェール越しに眺めた、彼の耳たぶの赤さが鼓膜に焼き付いて離れない。

「実は、この本……まだ番外編があって」

「えっ」

──読みたい!!

想定外の朗報に、羞恥を忘れて勢いよく顔を上げた。雪嗣さんと視線が交わる。澄み切った紺碧を視界に捉えると、なぜだかじわりと胸の中心が温かくなった。

「いまから持ってくるよ。それで、よかったら……一緒に話でもしようよ。感想を言い合うんだ。読書会みたいなものかな。楽しそうじゃない?」

息を呑んだ私に、彼はどこか照れ臭そうにはにかむ。

「共通の話題ができたからさ。少し歩み寄れたらと思って」

そっと手を差し伸べ、ごくごく自然に握手を求めた彼は、畏まった様子でこう言った。

「あの。夫婦として、次の段階に進めたら嬉しいです」

──ああ、そうか。彼が本を貸してくれたのは……。

私のため。心地よい時間を、記憶を、共有するためだったのだ。

その事実が頭に染みてくると、なんだか頭がクラクラした。

信じられない。信じていいのかわからない。

でも──すごく嬉しいのは事実で。

ぶわっと顔に血が上ってきて、頭の中が滅茶苦茶になった。

「雛乃さん?」

つい固まってしまった私を、雪嗣さんが心配そうに眺めている。

私は思い切り息を吸うと、初めて自分から彼を見つめて言った。

「よ、喜んで」

「……！　そっか！」

雪嗣さんの口もとがほころぶ。薄く色づいた唇の薄紅色に視線が囚われる。優しい色だ。誰も傷つけない色だ。見ているだけで温かくなる色だ。

彼の笑顔がまぶしい。

――読書会の約束をしただけなのに。こんなに嬉しいなんて、私ってばチョロい。

彼と言葉を交わすたび、世界が色づいていくようだった。

古い盟約で結ばれた私たち。この関係は少し……いや、ずいぶん変わっている。

おままごとみたいだ。結婚済みの夫婦がすることじゃない。

私のせいだ。なにごとにも臆病で、化け物で、自己肯定感が低い。だから〝普通〟じゃいられないのだ。〝普通〟の人たちみたいに関係を築けない。忍耐強くない人なら、呆れて、嫌悪して、離れていくだろう。過去に私の周囲にいた人たちのように。

――でも、雪嗣さんは違う気がする。

私の歩幅に合わせてくれる。〝普通〟じゃなくとも一緒にいてくれる。赦してくれる。

だから、私は彼を受け入れようと思った。

状況はなにも変わっていないけれど――

雪嗣さんが、なにかを企んでいる可能性が捨て切れなくとも。私を利用した挙げ句、手酷く捨てようと考えているかもしれなくとも。別にいいじゃないか。騙されたって、最終的に不幸になったって。少し前までの絶望に比べたら、なんてことはない。

　そろそろと彼の手に触れる。私よりも大きくて指が太い。少し皮膚が硬い部分がある。さらりと乾いた手。そこから伝わる温もりは。

「雛乃さん。読書会、楽しみにしてるね」

　私の知るどの人間よりも、確かな熱を持っているような気がしていた。

*

　それから、私たちの距離は少しずつ近づいていった。

　読書会と称して、一日おきに一時間ほど共に過ごすようになったのだ。

「このお話の主人公が好きでね」

「はい」

　会話の主導権を握るのは、いつだって雪嗣さんだった。口下手な私は、黙って彼の話を聞いていることが多い。だけど、退屈することはなかった。彼の読書量は相当なもので、話題が尽きなかったからだ。

　なにより――彼がまとう雰囲気が心地よくて。

　一時間なんてあっという間に過ぎていく。宝物みたいな時間だった。

「この本はね、ここがすごく面白くて——」

その日も、私たちは読書会を開いていた。彼の話を聞きながら、ぼうっと室内の様子を眺める。私室のソファに雪嗣さんが座っていた。実に不思議な光景だ。嫁いでから二ヶ月経たないくらいだが、それでもここは自分のテリトリーという感覚がある。だのに、そこに他人がいる。しかも穏やかな雰囲気で、私を傷つけようとしない人間だ。

「次は、いま話した本を持ってくるよ」

部屋の中に彼がいるだけで、空気が柔らかい。いつもは静寂に包まれ、どこか冷え冷えとしていた部屋が優しい温度を持っていた。窓から差し込む陽差しの中に漂う小さな埃すら、軽やかに踊っているような気さえするのだから、きっと私は浮かれている。

「雛乃さん？」

「あ……」

「ごめん。僕ばっかり話しちゃったね」

ぼうっとしていたのを、見とがめられてしまったようだ。「ち、違います！」と、慌てでかぶりを振った。汗ばむ手をギュッと握りしめて、こくりと唾を飲み込む。心臓が激しく鳴っていた。普段なら黙り込む場面だ。でも、そうしなかった。私が発言しても、雪嗣さんは怒らない。怒鳴らない。睨まない。短い時間でそう学んでいたから。

「す、すごく楽しいです。本が好きなんですね。む、昔から読書を？」

「そうだね。僕が生まれてすぐの頃は、本を買うなんて発想がなかったから。好き勝手買えるようになったのがありがたくて、ついつい色々と手を伸ばしてしまって……」

「二百年くらい生きているん、でしたっけ……」

「うん。当時はまだ江戸時代だ。貸本屋が多かったんだよ。南総里見八犬伝とか好きだったなあ！　とっても面白いんだ。曲亭馬琴って人の作品で、夢中になって読んだよ」

——ああ……。

私が投げた会話のバトンを、雪嗣さんが受け取ってくれた。

たったそれだけのことで、視界が滲みそうになる。嬉しくて、心が震えて。

まるで〝普通〟の人間みたい、なんてうぬぼれそうになった。

「それも、いつか読んでみたいです」

自然と要望が口を衝く。いままでの私じゃ、絶対に考えられなかったことだ。

「あっ……」

だけど、途端に不安になった。

図々しかったろうか。思い出の作品だ。私なんかに読まれたくないかもしれない——

ネガティブな考えがひょっこり顔を出す。

「それはいいね！」

だけど、雪嗣さんのはしゃいだ声が、私の後ろ向きな気持ちを吹き飛ばしてくれた。

「きっと楽しいよ。あ、でもなあ。いま読むには文体が難しいかもしれない。うん、その時は僕に聞けばいいね。スラスラ読めるよ。解説もできる！　ぜひ頼ってね」

夫婦だからさと笑う雪嗣さんは、どこまでも朗らかだった。

まぶしい。本当に彼は光の人だ。このひとときが奇蹟みたいに思える。

「そうだ。部屋に本棚を設（しつら）えよっか！　借りてばっかりじゃつまらないよね。手もとに置いておきたい本もあると思うし」

「い、いいんですか……？」

「いいに決まってるよ。お気に入りの本は所有してなんぼでしょ。壁一面の大きな本棚を、好きな本だけで埋めてみるのはどうかなあ。すごく楽しいと思う」

「……！」

自分の好きなものを、好きなだけ所有する。誰にも奪われない。

異母妹の凜々花にも手が出せない、私だけの本棚……。

「素敵」

ふんわりと心が浮きあがる。自然と笑んでいた。どんな本を並べようか……。ソワソワとヴェールをいじっていると、雪嗣さんがぽつりとつぶやいた。

「可愛いなあ」

「え？」

「あっ……！」

途端、雪嗣さんが慌て始めた。ワタワタと手を動かして、耳まで真っ赤だ。どうしたのだろう。心配になっていると、コホンと咳払いした彼はあからさまに話題を変えた。

「業者に声をかけておくね。本棚の設置、なるべく早く終わるようにします」

「……え」

パチパチと目を瞬くと、雪嗣さんがどこかいたずらっぽく笑う。

「夫になってからの、初めてのプレゼントだからね！」

「え、えええええ……」

プレゼント？　火が付いたみたいに顔が熱くなった。ヴェールを着けていて本当によかった。きっと情けない顔をしているはずだ。こんな顔、雪嗣さんには見せられない。

それにしても――

彼と過ごす日々は、本当に夢みたいだ。

なにもかもが優しい。優しすぎるくらいだ。私にはもったいない。

――こんな日がしばらく続くなら。もう、じゅうぶん報われた気がする。

たとえ少し先の未来が灰色に染まっていたとしても、私はこの思い出だけで生きていける。がんばれる。どんな結末が待ち構えていようとも、なにも恨まずにいられる。

幸せすぎて。胸がいっぱいで。本気でそんな気がしていた。

＊

雪嗣さんと過ごす日々は奇蹟の連続だ。驚いたり、感動したり、いつだって感情が忙しない。いろいろな場面で心が動く。部屋に閉じ籠もって塞ぎ込んでいた頃とは大違いだ。

私の部屋に本棚を設置した時もそうだった。

「さ、さすがにこれは大きすぎるのでは……？」

「そうかな。これくらいは普通だよ。僕の部屋には、もっと大きな本棚があるし」

「そっ、それはすごいですね」

「壁一面に設えたからね。我ながら圧巻だと思うよ！　見に来てみる？」

「えっ。あの、えっと、あの……」

「遠慮せずに。妻が、夫の部屋を訪ねるのは普通のことだからね」

「むっ、むむむ無理です。いまは無理。き、緊張してしまう、ので」

「アハハ。初心だなあ！　まあ、時間はたっぷりあるし、追々ね」

「……うう！　が、がんばります」

「わ、イチゴみたいに顔が真っ赤！」

ひたすら戸惑っている私を、雪嗣さんが笑顔でからかってみたり。

そうそう。読書会の時に、こんな会話もあった。

「小説ばかりじゃなんだから、映画を一緒に観ようよ」

「は、はい。でも、ど、どういう映画を……？」

「おすすめを選んでおくよ。あっ。安心して。ホラー映画は除外するから」

「…………。苦手、なんですか？」

「…………。…………うん」

「祓い屋として、数え切れないくらい怪異を倒しているのに？」

「お化けの方が、怪異よりよっぽど恐ろしいでしょ!?」

「フフッ……」

お茶目な彼の反応に、思わず笑ってしまったり。

そんな私に、雪嗣さんが大袈裟に反応して困ったりもした。

「あ、笑顔。すごく可愛い」

「……!!」

「隠さないで。お願い。もっと見せて？　後生だから！」

「……!!　……!!」

あの時は、恥ずかしさのあまりに、雪嗣さんから逃げ回ったなあ。

それに、すごく女慣れしている感じがして……。

ちっとも私らしくないけど、思わず反論してしまった。

「あ、あんまりからかわないで、く、くださいっ！　ま、ままま、前の奥さんの時はよかったのかもしれないけど！　わ、私はこういうのは慣れなくて」

必死に抗議する私に、雪嗣さんは大慌てで言い訳し始めた。

「前の奥さん!?　い、いや！　そんな人いないから。確かに二百年以上生きているけど、妻にしたのは君だけだ。龍ヶ峯の異能は血の濃さに拘わらず発現するから、僕の子を無理に作る必要はなかったし。だから。ええと、だから。あのね？　……け、結婚したいと思ったのは君が初めてなんだ。慣れてないって言ったでしょ」

アレは本当にすごい威力だった。無器用に逸らされた視線。色づいた頬はどこか色っぽくて。よく考えると、私もずいぶんと大胆な発言をしたと思う。浮かれていた。確実に。

それだけ――彼と過ごす時間は優しかったのだ。

辛かった、苦しかった過去を忘れてしまいそうだった。

そういえば、こんなこともあった。

「最近、織守さんの姿を見かけない気がするのですが……」

織守は雪嗣さんの側近で、別邸を仕切っている男性だ。少し前に、食事の件で私に容赦ない敵意を向けてきた彼の姿がここのところ見えない。不思議に思ったので訊ねてみると、雪嗣さんはさも当然のように言った。

「ああ。アレか。本邸に帰したよ」

「えっ！」

「君を傷つける人間は、この邸にいらないからね。ああ、ちなみに織守以外にも、君に対してネガティブな行為をした使用人は、すべて更迭済み」

「えっ、えっ!?」

「新しい使用人は、慎重に吟味した上で決めているから、安心してね」

「ええええ……」

「雛乃さんが快適に過ごすために、必要なことだからね！」

「あ、あ、ありがとう、ございます……？」

彼がとっても過保護なことを、この時、初めて知った。

誰かに守ってもらうなんて、本当に久しぶりだった。くすぐったくて、やけに嬉しい。

その日の晩、少し泣いてしまって雪嗣さんに心配されてしまったくらいだ。

――ああ、本当に信じられない。こんな日常が私にも訪れるだなんて。

絶対に手に入らないからと、水面に映し出された月を愛でていた人間が、ほんの戯れに水に手を差し入れてみたら、思いがけず本物を手中に収めてしまった時のような。

心が乱れる。翻弄される。それがまた楽しくもあって。

なんてきらきらした、まぶしくも温かい日々……。

すべてを諦めていた。綺麗なものは手に入らないものだと思っていた。

なのに、手中に収まった月の輝きは増していくばかりだ。

ときおり、不安になる。この日々が、夢なんじゃないかって。

そんな時は、庭に落ちていた葉っぱを手にしてヴェールを外す。そして、みるみるうちに色褪せていく姿を眺めて現実を思い知るのだ。私は相変わらず化け物で、なにも変わっていない。〝死神姫〟である事実は変わらず、世界は私に厳しいままだ。

なのに――

――この状況が現実だっていうの？

「私の幸せ……」

そんなもの、ありはしないと思っていた。でも、彼と一緒なら。幻としか思えなかったそれが、どこかに存在するのかもなんて思うようになる。そんな考えを決定的にさせたのは、彼が仕掛けた、とあるサプライズのおかげだった。

*

「実は、実験してみたいことがあるんだ」

ある日のこと。定例の読書会のために、彼と私は自室で過ごしていた。

その時、雪嗣さんが妙なことを言い出したのだ。

「実験？」と首を傾げた私に、彼は神妙な様子でうなずいた。

「上手くいけば、これからの結婚生活が劇的に変わるかもしれない。それには雛乃さんの協力が不可欠なんだけど、手伝ってくれない？」

「は、はあ……」

間の抜けた返事をした私に、雪嗣さんは満足そうだった。すっくと立ち上がると、私の隣に腰かける。キシッとソファが小さく鳴った。つられて心臓が軽く跳ねる。

「ちょっとごめんね」

「え、あ、わ、あわわわわ……」

ずいっと雪嗣さんが近くに寄ってくる。いったいなにが。なにをされてしまうの。混乱している私に、彼は手を伸ばしてきた。

「ヴェールを外してもいい？」

「……！　は、はい」

「じゃあ、失礼して……」

優しい手付きで、雪嗣さんがヴェールを取り外した。視界を覆っていた黒いレースが取り払われる。世界がまぶしさを増す。じわりと汗が滲んで、身を硬くしてしまった。

「まだ怖い？」

「………。す、少し」

ここのところ、雪嗣さんしかいない場所では素顔を晒す時間が増えていた。

〝不老不死〟だからという雪嗣さんの言葉を疑った時期もあったが、何度ヴェールを外してもケロリとしていたから、いまは彼の主張を信用している。

ヴェールを外して、誰かと過ごす時間は嫌いじゃなかった。とはいえ、明るい世界にはまだ慣れない。こみ上げてくる恐怖はいまだ拭えないし、ヴェールを装着していないのに、誰かが側にいるという状況には緊張してしまう。

「あっ。あ、あ、あの、なにを――」

たまらず目を瞑っていた私は、ドキドキしながら雪嗣さんの動向を窺った。実験とはなんだろう。どうして私のヴェールを外したのだろう――。疑問ばかりが頭に浮かぶ。でも、そろそろと目を開けた瞬間に、なにも考えられなくなってしまった。

「ひっ……！」

「動かないでね」

雪嗣さんの整った顔が、すぐ近くにあったからだ。紺碧の瞳を白いまつげが縁取っている。薄い唇が穏やかな曲線を描いていて、なんだか艶めかしかった。気がつけば、彼に手を握られている。指と指の間に、彼のそれがするりと滑り込んできた。少し冷えた指先、乾燥した肌。絡みつく指……。

――きゃあああああああ！

心の中で絶叫する。恥ずかしい。いますぐ逃げ出したい。でも、手の感触が心地よくて。なにより、伝わってくる体温がひどく肌に馴染んで――拒絶なんてできなかった。

「ゆ、雪嗣さ……」

「雛乃さん」

少し低めの――耳に心地いい声。真っ赤になっている私に、彼は意外な言葉を放った。

「この実験で、僕が君にとっての運命だって証明してみせるから」

「……え？」

「ちょっと待っていて」と、雪嗣さんが部屋を出て行った。廊下に準備しておいたのだろうか。すぐに戻って来た彼の手には、金属製のクローシュで覆ったお皿があった。

「実は、ここのところ君と過ごしていて気づいたことがあってね」

「気づく……？」

「ああ。君の異能――〝吸命〟なんだけど」

お皿をテーブルに置くと、雪嗣さんがずいっと顔を寄せてくる。固まってしまった私に、彼はどこか興奮気味に言った。

「吸い上げる生命力に、上限があるんじゃないかなって」

「え、ええっと。それはどういう……」

「つまり、一定以上を吸い上げた後、生命力が消費されないうちは、しばらく〝吸命〟の能力がお休みしているんだと思うんだよね。確認してみようか！」

意気込んだ彼は、ますます私の手を強く握った。生命力を分け与えるつもりらしい。

――そういう実験!?

困惑している私をよそに、どんどん雪嗣さんの生命力が私に流れ込んでくる。ふるりと体が震えて、肌がわずかに粟立つ。寒い日に、熱いお湯に浸かった時のような高揚感があった。この感覚はいつまで経っても慣れない。

「んっ……」

熱い息をもらすと、ピクリと雪嗣さんが小さく揺れた。

「……？」

どうしたのだろう。首を傾げると、なんだかやけに熱心に私を見つめた雪嗣さんは、「もうちょっと」と、じょじょに顔を近づけてきた。

「あっ……」

彼の吐息が頬をくすぐった。紺碧の瞳に私の紅い瞳が映っている――

――こ、の、ままじゃ。

唇が触れてしまう。

そう思った瞬間、ふいに雪嗣さんが脱力した。

「……ッ！　ご、ごめんね」

なんだか息も絶え絶えに言った彼は、私の肩に顔を埋めている。柔らかな白髪が首筋に触れてくすぐったかった。なにより、半ば抱き締められているような状況に困惑する。なにも反応できずに固まっていると、五分ほどしてようやく雪嗣さんが口を開いた。

「も、もう大丈夫だと思う」

次に彼は、金属製のクローシュを皿の上から外した。

「……あ！」

現れたのは、色鮮やかな果物を載せたフルーツタルトだ。艶やかな紫の粒がまぶしい。旬のブルーベリーを使った一品である。たまたまかもしれないが、母と最後に食べたタルトも同じだったはずだ。

「ど、どうして……」

私が普通のものを口にできないのは、雪嗣さんも知っているはずだ。泣きそうな顔になった私に、彼は「大丈夫」と笑んでみせた。

「言ったでしょ。僕の考えが正しければ、君の異能は停止しているはずなんだ」

「なぜ、そんな風に思ったんですか……？」

「実はね、雛乃さんの近くにいると、なにかを吸い取られるような感覚があるんだよね。でも、しばらく経つとその感覚が消えてしまう」

「だ、だから大丈夫だと？」

「そう。いくら生命力を吸われても、昏倒しない僕だからこそ知れたんだ」

切り分けたタルトに、雪嗣さんがフォークを差し込む。サクッという軽快な音がすると、断面から柔らかそうなカスタードが顔を覗かせた。

——美味しいんだろうな……。

こくりと生唾を飲み込む。

ひとくちぶんをフォークに刺した彼は、それを私に寄せて言った。

「ほら。試してみて」

「で、でも……」

「雛乃さん、こういう生菓子好きでしょ？」

確かにそうだ。フルーツタルトは子どもの頃からの好物である。

——ええい。こうなったら……！

覚悟を決めた。そろそろと口を開く。内心では泣きそうだった。萎れたタルトなんて見たくないと、ギュッと目を瞑ったまま——ぱくり、と口に含む。

「……！」

ぷちん。柔らかな果実の皮を、歯が破ったのがわかった。じゅわっと果汁があふれ出す。ブルーベリーの酸味と甘み。そして、トロトロした濃厚なカスタードが舌の上を蹂躙していった。ザクザクしたタルト生地はバター感たっぷりだ。噛みしめるごとに、酸味と甘みが渾然となっていった。生の果実のジューシーさ、カスタードのこっくりとしたまろやかさが絶妙な塩梅である。実に美味しかった。なにより、どこか懐かしい味がする。

「嘘」

口の中のものを嚥下した後、思わずそうつぶやいてしまった。だって、あまりにも非現実的だ。私がフルーツタルトを食べただなんて——そんなまさか。

「ね？　食べられたでしょ」

呆然としていると、雪嗣さんが得意げな顔をしているのが見えた。どうやら本当に私はタルトを食べたらしい。そっと自分の唇に触れた。柔らかな触感の余韻に浸る。ほうっと息を吐けば、生の果実にしか出せない瑞々しい香りが蘇ってきた。ああ、そうだった。フルーツタルトってこういう味だった。

「……あ」

瞬間、瞳から涙があふれてきた。ぽたり。透明な雫が手の上に落ちて弾ける。ぽたり。ぽたり。あふれ出したらもう止まらない。涙が、あらゆるものを濡らしていく。

「うっ、く……」

嗚咽がもれそうになって、必死にこらえる。お礼を言うべきなのだと思った。なのに、心の内が荒れ狂っていて訳がわからない。ああ、なんなの。どうして私は泣いているの。ちっとも悲しいことなんてなかったのに。おかしいなあ。

……そっか。

ふと真実に気がついて、泣き笑いを浮かべた。

これは、嬉しいんだ。

化け物なのに。〝死神姫〟なのに。

嬉しさのあまり泣くなんて。まるで〝普通〟の人間みたいじゃないか。

「わあああああああああんっ……！」

頭の中がグシャグシャになった。嬉しい。嬉しい。こぼれる涙がやけに熱かった。手で拭うと、すぐに袖が濡れそぼってしまう。拭っても拭っても涙が止まる様子はない。

「ほら、もうひとくち」

雪嗣さんが差し出したフォークに、今度は勢いよく齧りついた。

「美味しい？」

無言でうなずく私に、「よかった」と雪嗣さんは笑みをこぼしていた。

「なにかを食べて、〝美味しい〟って思えるって、すごいことだよね。それだけで生きているって感じがするからさ……」

ぽつりとつぶやいた彼の言葉には、やたらと実感がこもっている。

嗚咽を漏らして泣く私を、彼は甲斐甲斐しく世話してくれた。せっせとタルトを口に運んで、涙をハンカチで拭って、背中を摩ってくれる。あっという間に一ピース食べ終わると、「もう一切れどう？」と言ってくれた。戸惑いを浮かべる私に悪戯っぽく笑う。

「お腹いっぱい食べてもいいと思うよ。君のために用意したタルトだ」

「……！」

心が震えた。もう顔はふにゃふにゃで、自分でどんな表情をしているかもわからない。思考も理性も溶けてしまったのかな。ああ、ああ。すごい。私は幸せのただ中にいる。

「あ、ありがとう、ござっ……」

ボロボロになりながらも、なんとかお礼を口にする。

「しあわ、せで。嬉しい。どうしよう。本当に？　信じられない……。寝て起きたら、ぜんぶ夢だったって、なる、ん、じゃ」

思わず本音を吐露すると、雪嗣さんは少し困ったように笑った。

「たったいまから、これが君の日常になるんだけどね。スイーツだけじゃないよ。どんなご馳走だって食べられる！　邸のシェフに声をかけておくよ。美味しいお茶も各地から取り寄せよっか！　きっと楽しいよ」

「……！　ご、ご馳走……？　美味しいお茶……？」

口にしたことがないからか、味の想像すらできない。

呆然としている私に、雪嗣さんは畳みかけるように言った。

「もちろん、これだけじゃないよ。雛乃さんの可能性は無限大だ。常に体を他人の生命力で満たしておけば、異能で誰かを傷つけることはなくなる。ヴェールなしで外に出たっていいんだ。外で過ごしたって構わないんだよ。化け物だなんて、もう誰にも呼ばせない。雛乃さんは〝普通〟の人と同じになるんだから」

あまりにも途方のない言葉に息を呑んだ。

諦めていたものが、もう手に入らないからと目を背けていたものが。

すべて手に入る……？

そんな夢みたいなことが、あるのだろうか。

「嘘だ……」

否定の言葉を放った私に、雪嗣さんはどこまでも優しかった。

「嘘じゃない。僕を信じて」

「でも」

「実験で証明してみせたでしょう」

屈託のない笑みを向けられて、ますます困惑した。

この人はわかって言っているのだろうか。

自分の言葉の意味を。それを認めてしまった後に待っているであろう生活を。

無自覚なのだとしたら――これほど残酷なことはない。

「で、でも。あなたがいなくちゃ、〝吸命〟の異能は止まらない、んでしょ？」

震える唇を噛みしめて、懸命に言葉を紡ぐ。

じっと私の話に耳を傾ける彼に、拙いながらも必死になって主張した。

「こ、これが日常になるって、雪嗣さんがずっとそばにいるってことです」

先ほどまでの熱があっという間に引いていく。代わりに全身に満ちたのは恐怖だ。心が冷えていく。底冷えするような——死に限りなく近い温度に支配される。

「〝普通〟に慣れちゃったら、きっと欲張って、しま、しまいます。雪嗣さんが、離婚したいと思っても、別れて、あ、あげられません。私に嫌気が差して、遠ざけたいと思っても、付きまとっちゃうかもしれません」

食べものの美味しさ、外で自由に息ができる楽しさを知ってしまったら。

絶対に戻れなくなる。きっと私は彼に執着するだろう。彼の気持ちを思いやってあげられないくらいに、求めてしまうに違いない。それこそ、病的なほどに。

そんなリスクを、優しい彼に負わせたいとは思えなかった。

「あなたがいないと、私は生きていけなくなる。それでもいいって言うんですか……?」

いまなら戻れる。

覚悟がないなら、突き放してほしい——

そんな願いを込めて言った。

誰だって〝死神姫〟とは一緒にいたくないだろうから……。そう思っていたのに。

「望むところだよ」

あまりにもあっけらかんと、彼は決定的な言葉を放った。

「君にとっての運命に、僕はなりたいんだ」

すり、と私の涙で濡れた目尻を親指で拭う。

その仕草がたまらなく優しくて。触れた指がどうにも温かくて。

柔らかく細まった瞳に、あふれんばかりの愛情を見つけた気がして。

「僕と一緒に生きて。美味しいものも、楽しいことも、一緒に経験していこう」

「……ッ！」

じん、と胸に熱いものがこみ上げてきた。唇が震える。視界が滲む。

「い、いいんですか？　もう、嘘だと思ってあげられない……」

弱々しくこぼした言葉に、彼はきっぱりと断言した。

「君を娶った瞬間から、死がふたりを別つまで、どんな時も一緒にいるつもりだったよ」

雪嗣さんの言葉に、私は心の中で白旗を揚げた。

――この人は、私の運命だ。

運命の相手同士は、小指が赤い糸で繋がっているというけれど。間違いなく、私たちの間には赤い糸が存在している。彼がいれば私は化け物から人間になれる。これから先は、彼がいなければ息もできなくなるだろう。捨てられたら、いとも簡単に心臓は動きを止めるはずだ。雪嗣さんがいてこその私。これが――運命。

「あの」

おずおずと口を開く。不思議そうにしている彼に、私は震える声で言った。

「ぎゅうって、してくれませんか」

私がまだ――人間だった頃。

辛い時、苦しい時、寂しい時、母の温度がほしくてたまらなかった。いまの私はボロボロだ。心も体も冷え切っている。他人の体温が必要だった。だから――

「ぎゅうってして……」

甘えるように言う。拒否されたらと怖かった。同時に期待もしている。心臓が破裂しそうなくらいに高鳴っていた。

「任せて」

雪嗣さんはすぐに願いを叶えてくれた。

「……！」

苦しいくらいに抱き締められ、ほうっと息を漏らす。優しい匂いがする。強ばっていた体から、じょじょに力が抜けていく。肌の表面から、少しずつ彼の温度が伝わってくる。気がつけば、全身が甘ったるかった。私の心と体は、雪嗣さんに染まってしまっている。

ごめんなさい。もう、あなたから離れられない。

「ずっとそばにいてください」

「約束するよ」

すぐさま返ってきた言葉に、心の中から安堵する。

同時に再び疑問が湧いて出た。私と彼の婚姻について。なぜ、私を選んでくれたのか。出会ってから日が浅いのに、どうしてここまでしてくれるのか。

「どうして……？」

ただたどしい疑問が口を衝く。

私を腕の中に閉じ込めたまま、彼は耳もとで囁くように言った。

「僕がそうしたいから」

答えになっていないようで、真理のような言葉。

でも、いまはそれだけでよかった。温もりに溶かされた頭は上手く働かなかったから。

「うう……。ううう……！」

再び声を上げた私は、彼の胸に頬をすり寄せると、伝わってくる温度に溺れた。

夏が深まり始めた、とある日のことだ。

窓の外では、やかましいくらいに蟬が恋を歌っていた。

閑話　焔の美姫の愉悦

神崎凜々花は、順風満帆な人生に満足していた。

「凜々花様〜！　綺麗、こっち向いて〜！」

「ドラマの主演決定、おめでとうございます！」

誰もが彼女をチヤホヤする。おおぜいのファンに、仕事相手。

「凜々花さん、明日のスケジュールですが……」

「ああ、明日は祓い屋の会合があるから、一日空けておいてくれる？」

「えっ……!?　ドラマの撮影があるのに」

「そうね。確か、芸能界の大御所との共演シーンだったかしら。ずらすことはできない？　駄目？　そうよね、すっごく気難しいって有名な人だものね」

「い、いえっ！　なんとかします。飛ぶ鳥を落とす勢いの凜々花さんですから！　きっと向こうも融通してくれるはずです!!　文句なんて言わせません」

誰もが凜々花を優先する。彼女のご機嫌取りに躍起になる。

それだけの価値が凜々花にはあるからだ。

祓い屋トップである神崎家の次期当主。ふたつ名は〝焔の美姫〟。その名にふさわしい、誰もが見惚れる容姿を持ち、祓い屋業に従事しながらも、モデル業や俳優業までこなすバイタリティーに富んでいる。しかも、本業である祓い屋としての実力も一級品だ。か弱そうな女性が、怪異という脅威から命懸けで人々を守る姿に、好感を抱かない人間はいない。芸能人の好感度ランキングでも、二年連続で上位に食い込んだ実績がある。SNSのフォロワー数だって圧巻だ。誰もが凜々花という存在に注目している。

——世界は私のために回っているの。

彼女はそう信じて止まない。

事実、すべてが凜々花の思い通りになったからだ。望めば、あらゆるものが手に入る。ハイブランドの洋服も、きらびやかな宝石も、容姿が優れた男も。なにもかも！

そう思うようになったきっかけは、彼女の異母姉だ。

凜々花の地位は、異母姉である雛乃から奪ったものからできている。彼女が持っていたものは、ことごとく凜々花に幸せを運んでくれた。自分は奪う側の人間だ。奪っても赦される人間。そう思い込むにはじゅうぶんなほどの成功体験だった。

——愚かな、愚かな、お姉様。いまごろ、どうしているのかしら。

対立している家に嫁がされた異母姉は、いままで以上に苦労をしているだろう。

異母姉の泣き顔を思い出すだけで愉快な気分になった。あの、おぞましいくらい綺麗な顔が歪むところを眺めるのが好きだ。ゾクゾクして嗜虐心が満たされる。自分より弱い立場にいる人間の涙は、凜々花に安らぎをくれる。

——泣き暮らしているに違いないわ。

ざまあみろ、と胸が空く思いだった。もっと不幸になればいいのに。

これは憎しみだろうか。いや、そこまでとは言えない。だが、はっきりと雛乃に対して嫌悪を抱いている。おそらく、凜々花の母親の影響だ。

すべては〝吸命〟という異能のせいだった。

当主が最大限の力を発揮できるよう、神崎家の血族は生命力を捧げるのが義務である。母の早苗もそうだった。物心ついた時から搾取される日々。注目を浴びるのは、常に神崎家当主ばかり……。それが不満だったらしい。生贄のような扱いから脱却するため、母は入り婿である雛乃の父親に近づいた。そして、凜々花を身ごもったのだ。

『凜々花、お前は奪う側の人間でいなさい。勝ち組になるの』

それが母の口癖だ。物心ついた頃から、何度も何度も聞いた言葉。

だが、現当主の婿の愛人という立場では、負け犬の遠吠えと同義だった。

そう――幼い雛乃が事件を起こすまでは。

――本当にお姉様には感謝しているの。

雛乃がいるおかげで、いまの凜々花の生活がある。

父も母も、ほしいものを手に入れられて嬉しそうだ。神崎という祓い屋の名家を我が物とした父。入り婿の父を憎き相手から奪い取った母。

そして、次期当主の座は凜々花のもの――

――お姉様、ありがとう。なにもかもあなたのおかげ。誰からも嫌われる化け物は、美しく完璧な私の踏み台になるべきなのよ。可哀想だけど、それが運命なの！

憐れな異母姉を思うと心が躍った。私のために、もっと不幸になってくれないだろうか。離婚されたら、父に内緒で私が面倒を見てあげたらどうだろう。どこにも身を寄せられないように手回しして、凜々花のそばでないと生きられないようにする。

そして、ことあるごとに甚振るのだ。異母姉のすべてを奪い尽くしてやる。小さな希望も、生きる気力もなにもかも。あの綺麗な顔は絶望に染まるだろう。泣いて縋ってくるだろうか。それはそれは、いい眺めに違いない。

——ああ。幸せだわ！　でも、まだ足りない。もっと幸せにならなくちゃ！

神崎凜々花の人生は順風満帆だった。彼女には輝かしい未来が待っている——

凜々花自身も、彼女を取り巻く人々も、誰もがそう信じていた。

なのに……。

「凜々花様、各地の支部で問題が起きているようです」

完璧なはずだった凜々花の生活に、変化の兆しが見え始めていた。

ある日のことだ。執務室で祓い屋稼業に関する報告を受けていた凜々花は、部下からの報告に思わず眉根を寄せた。

「……本当なの」

「事実です。一族の人間が、怪異討伐の際に返り討ちにされる案件が多発しています」

神妙な顔でうなずいたのは、老齢の祓い屋だ。錆色の髪が渋い男性で村岡という。長年に亘って神崎家に仕えてきた忠臣だ。雛乃の母が死亡した後も、当主業務に不慣れな父を陰日向に支えてくれた人物である。

なにより――

父に命じられ、雛乃の〝吸命〟で意識不明に陥っていた前当主にとどめを刺した男だ。男は共犯者だった。絶対に裏切らないからと、父子共に信頼を寄せている。

「どういうこと。各人の実力に応じて仕事を振り分けているはずだわ」

凜々花は動揺を隠せなかった。現在、神崎家に属する祓い屋たちの実力は、過去に類を見ないほど優秀であったからだ。なのに返り討ち？　冗談じゃない。

村岡が差し出した書類に目を通す。確かに討伐失敗の報告がいくつか上がっていた。家の評判を落とすほどではないが、けっして見過ごせない数。なにが起きているのか。

「人手不足だったの？」

「そういう報告は上がっていません。妥当な人選でもあったと……。打ち漏らした怪異は、少し前までは問題なく対処できるレベルだったと聞いています」

「じゃあ、原因はなに？」

「わかりません。個々人の能力が落ちている可能性も考えられますが、訓練を怠っていたという事実はなく……。それに、同時多発的に問題が発生する理由になり得ません」

するると、村岡の表情が曇ったのがわかった。なにか言いたげだ。

「……言いたいことがあるなら、言いなさい」

どこか嫌な予感がしつつも発言を促すと、彼はそろそろと口を開いた。

「異変が起き始めたのは、雛乃お嬢様が嫁いでからなのです。古参の祓い屋たちの間では、直系一族を追い出した罰が当たったという噂が……」

「……！」

息を呑んだ。ひやりとして、嫌な汗が滲んでくる。

――そういえば、雛乃の祖父が直系一族の重要性を訴えていたわね……。

『神崎家の血筋を蔑ろにしてはいけない。早々に家が滅びるぞ！』

そんな世迷い言を声高らかに主張しては、凜々花の父を始めとした新体制派から失笑を買っていたと聞いている。

――まさか、本当に？　お姉様を家から出したから異変が起き始めたというの？

フッと息を漏らす。

「考えすぎよ。きっと偶然だわ」

凜々花は、気を取り直して村岡へ指示を出した。

「早急に現体制の見直しを。気がついていないだけで、怪異の方が強くなっている可能性もあるわ。調査班を派遣して。打ち漏らした怪異には、すぐに別の人間を宛がうの」

「かしこまりました」

「マスコミや他家には、この事実が絶対に漏れないようにしてね。神崎家は日本で最も優れた祓い屋なの。侮られる訳にはいかないわ」

「承知しております。噂に関してはどういたしますか」

「捨て置きなさい。じきに収まるでしょう。いちおう出所を調査しておいて」

「はっ。近日中には報告に上がります」

村岡が頭を下げる。その従順な態度に、凜々花は胸を撫で下ろした。こんなにも優秀な部下がいるのだ。きっとすぐに問題は解決するだろう。

そう凜々花が思っていると、ふいに村岡がこんなことを言い出した。

「そうだ。龍ヶ峯の前当主から手紙が届いておりました」

「手紙?」

「はい。神崎家の次期当主宛に。いかがされますか」

龍ヶ峯の前当主。〝死にたがり〟と呼ばれる男……。龍ヶ峯雪嗣。雛乃の夫だ。

異母姉が嫁いでから二ヶ月ほどが経っている。化け物で役立たずの処遇に困り、文句でも書いてよこしたのだろうか。

「目を通しておくわ。ありがとう」

「では、失礼します」

村岡が執務室から出て行くのを確認してから、さっそく封を切った。可哀想な姉の現状を知れる。それだけで心が浮き立った。ニヤニヤしながら目を通す。だが、そこに並んだ文字は凜々花が予想だにしていないものだった。

『掌中の珠を譲ってくださり、心から感謝しております。大切に慈しみ、守っていく所存です。神崎家におきましては、今後苦労が絶えないでしょうが、どうぞ妻にはお構いなく。彼女は自分が幸せにします。神崎家のこれからのご活躍を心から――』

「……なにこれ」

ぐしゃり。あんまりな内容に、読んでいる途中で握りつぶしてしまった。

無性に腹が立つ。いったいなにが言いたくて手紙を寄こしたのか。

――まさか、惚気（のろけ）？　冗談じゃない！

それに〝今後苦労が絶えない〟だなんて、とんだ言いがかりだ。なにより、雛乃が夫に愛されているように読める。その事実が受け入れがたい。

「なにかの間違いだわ。結婚式だって邪魔してやったのに！」

凜々花は姉が確実に不幸になるように、様々な仕掛けを施していた。それは禍々しい婚姻衣装であったり、参列者が喪服を着るようにするための根回しだったりする。間違っても初夜なんて迎えないように、雪嗣が式を中座するように仕掛けもしたのに！

「なんなの……」

赦せなかった。異母姉は、凜々花にすべてを差し出す奴隷でなければならない。

「なんとかしなくちゃ」

苛立ち任せに椅子に体を預けた凜々花は、自分の顔が歪んでいるのに気づいていない。

誰もが愛する〝焰の美姫〟とはほど遠い醜悪な顔――。舌なめずりをしながら、雛乃をどう地獄に突き落とすか算段を立てていた凜々花は、なんとなしに自分の頰に触れた。指先に、ざらりとした触感がする。

「なっ……!?」

慌てて手鏡をのぞくと、頬にブツブツと吹き出物ができていた。肌荒れがひどいし、色もくすんでいる。なんとなく体が重い気も——

「なんてこと……」

ドラマの撮影が控えているのに!

皮膚科とエステの手配をしなければ。使用人を呼び出そうとベルを鳴らす。

完璧な自分を愛している凛々花は、冷静ではいられない。そのせいか、「御用でしょうか」と現れた若い使用人に、早口で要件をまくし立ててしまった。

「病院とエステの予約をして。病院はいつものところよ。院長じゃ駄目。若先生の在院時間を確認して。エステティシャンの指名も忘れないで。マネージャーと連係を取るの。時間を確保できそうになかったら、他と調整して無理やりこじ開けて」

「えっ? あの。えっと……」

ベラベラと途切れることなく告げられた指示に、若い使用人が目を白黒させていた。慌ててメモを取り出すが、もう手遅れだ。このままでは手配などできないだろう。

「凛々花様、も、申し訳ございません。あの、もう一度……」

若い使用人の顔に焦りが滲む。いまにも泣きそうな表情を目にした途端、凛々花の中に仄暗い喜びが生まれた。

「なあに？　聞いていなかったの」

笑顔のまま立ち上がると、若い使用人が体を硬直させたのがわかった。

──吹き出物の原因は……ストレスよね。

デリケートな自分は、知らぬ間に鬱憤を溜めていたのだろう。なにせ、いままで好きなようにできた雛乃を手放してしまった。ストレス解消手段を奪われたも同然だ。

──迂闊だったわ。これからは定期的に発散しないと。

父も、鬱憤が溜まった時は雛乃で解消していた。自分も倣うべきだ。

青ざめている使用人の腕を掴む。ビクビクと怯えの色を浮かべた若い使用人は、肉食獣に睨まれた獲物のようだった。

──この娘。確か……神崎家の傍系の娘だったわね。

いわば、本家に媚びを売るために送り込まれた生贄だ。立場を考えれば、なにをされても文句も言えないだろう。玩具にするにはちょうどいい。

「不出来な使用人には、お仕置きしなくちゃね」

衝動に導かれるまま、凜々花は片手を大きく振りかぶる。

室内に響いた使用人の悲鳴は、凜々花の罵声にかき消されてしまった。

第四話　死神姫の大きな一歩

姿見の中に、見慣れない自分が立っていた。

不気味なほど紅い瞳に、ストレートの黒髪は変わらない。けれど、清潔感のある白シャツに大柄フラワープリントのフレアスカート、鍔の広い麦わら帽子に、カゴバッグ。私らしくない、爽やかな装いだ。ヴェールは着けていない。いつもは暗い色の服ばかり身につけていたから、違和感があった。なんだか顔も引きつっているような……。

「だ、大丈夫かな……」

似合っていない気がする。不安に押しつぶされそうになって、何度か深呼吸を繰り返した。今日の洋服は、雪嗣さんが用意してくれたものだ。せっかく選んでくれたというのに、ガッカリさせてしまったらと思うと……。

「雛乃さん？　準備はできましたか」

ノックの音がして「ヒッ」と悲鳴を呑み込んだ。ゆっくりと私室のドアが開いていく。

ひょい、と顔を覗かせた彼……雪嗣さんは、少しだけ目を丸くした。

「わあ」

彼のこぼした声に、じわりと嫌な汗が滲む。やっぱり似合わないいんだ。うつむいていると、予想外に明るい声が鼓膜を震わせた。

「僕の奥さんは、やっぱり美人だな！」

軽やかな足取りで雪嗣さんが近づいてくる。室内に伸びた陽差しが、彼の姿を明るく照らす。白い髪に柔らかな陽が透けた。今日の彼は、紺色のシャツにデニムだ。普段よりもカジュアルな姿が目にまぶしい。彼の骨張った手が私にそっと触れる。親指で手の甲を撫でられた。感触がひどく心地よくて、喉の奥が苦しくなる。

「すごく似合ってる」

甘ったるい。砂糖菓子みたいな言葉。

彼は真摯に私を見つめていて、そこに嘘はないように思えた。

ますます顔が熱くなる。

「……あ、あり、ありがとう……」

ボソボソと答えれば、彼の瞳が満足気に細まった。

「僕は準備万端だけど、行けそう？」

「だ、だだだ、大丈夫です」

「よかった！」

にこやかに笑んだ雪嗣さんが、私の手を優しく引いた。

「さあ、行こっか！」

心臓がとくりと鼓動を打つ。

「……は、はいっ！」

私は精一杯の声を出すと、彼の後に続いた。緊張のせいか、速度を上げた鼓動が収まる様子はない。本当に大丈夫だろうか。

「僕がついているからね」

雪嗣さんの言葉に泣きそうになる。

「がんばります」私のか細い声は彼に届いただろうか。

今日は、異能に目覚めてから初めて、ヴェールなしで外出する日だ。

狭かった私の世界が、彼に出会ってから少しずつ広がって行っていた。

＊

意外かもしれないが、ヴェールなしで外に出てみたいと提案したのは私だ。

〝吸命〟の異能を停止できる事実が判明してからも、雪嗣さんは私になにかを強制しようとはしなかった。外に出よう。誰かと会おう。引きこもりはいけない。〝普通〟の人みたいに暮らしてみませんか。そういう〝前向き〟な提案があると思ったのに、いつもと変わらない日々がやってくる。

拍子抜けだった。不思議に思った私は、彼に訊ねてみたのだ。「どうして？」と。

私の部屋のソファで読書に耽っていた彼は、紙面から視線を上げると、ぱち、ぱちと、目を瞬く。目をまん丸にすると「考えてもみなかった！」と笑み崩れた。

「外出が必要な時はいずれ来るだろうし、その時までのんびりしようかと思ってたんだ。雛乃さんが一緒にいてくれるだけで、僕は満足だったからね」

「……！」

なんだかすごいことを言われた気がする。

真っ赤になって硬直していると、彼はパタンと本を閉じて私を見つめた。

「いきなり〝普通〟になれ、だなんて。簡単に言えないよ」

誰だって自分のペースがある。それに――

「〝普通〟がいちばん難しいんだ」

少し物悲しげに語った彼の表情にドキリとする。過去になにかあったのだろうか。訝しんでいると、雪嗣さんは優しげなまなざしを私に向けて、ずいっと顔を寄せてきた。

「そんな質問をしたってことは、なにかやりたいことでもあるの？」

「あっ？　え、ううううっ!?」

近い、近い、近い！　思わず体を反らした私に、どことなく楽しげに彼は言った。

「手伝わせて。なにがしたい？」

「……ッ！　えっと。なにかをやりたいというより、ですね」

彼からの追及に、私はしどろもどろに答えた。

「わ、私は、あなたの役に立ちたいんです。せっかくヴェールなしで過ごせるようになったのなら、い、いまのままじゃ駄目だと思って」

私の可能性は無限大だと、彼は言ってくれた。確かにそうだ。おかげで気兼ねなく外出ができる。少なくとも、役立たずだった以前よりは使えるはずだ。ならば——増えたリソースを彼のために使いたい。

ぎゅうっと拳を握りしめる。がんばれ、と自分の気持ちを懸命に奮い立たせた。

「な、なんでもします。いえ、させてください。怪異討伐の現場でも、どんな場所にでも行きますから。だから……」

——私を捨てないでほしい。

これからもずっと、あなたの側にいたいから。

縋るような目を向けてしまう。そんな自分が浅ましく思えて仕方がない。

——雪嗣さんのおかげで、初めて幸福の温度を知った。

彼は、私にとっての救いだ。痛くて辛くて、息が詰まる世界にもたらされた、一本の蜘蛛の糸。まぶしく輝くそれを辿っていけば、やがて極彩色の楽園が待っている。

だからこそ、不安で不安で仕方がない。

私が化け物だからだ。なんの価値もない厄介者で、穀潰し。

『お前がいなければ、みんな幸せになるのに』

『お姉様って存在自体が邪魔よね！　無意識に誰かを不幸にしてる』

父や異母妹からすれば、私は息をしていることすら罪深い存在だ。彼らから投げかけられた言葉は、私の深層心理にこびりついて離れない。与えられる優しさすら、疑心暗鬼の材料になる。

いまは優しくしてくれるけれど、いつか捨てられるんじゃないか。

化け物だと罵られるんじゃないか。

怖い。嫌だ。怖い。嫌だ。怖い、怖い、怖い――

縋った蜘蛛の糸が千切れるのが、恐ろしくてたまらない。

「あらら」

悲愴な決意を滲ませた私に対して、雪嗣さんはふわふわした声を出した。

「まったく。君って人は」

紺碧の瞳に呆れが浮かんでいる。陽光を取り込んだ瞳は、綺麗なビー玉みたいだ。ゆるりと口もとを緩めた彼は、私の頭をポスポスと叩いた。手触りを確かめるように、髪の表面に手を沿わせる。さらり。顔にかかっていた黒髪を耳にかけてもらうと、視界が開けて世界が少し明るくなった。

「意欲があるのはいいけどね、ヴェールなしで外に出て平気？」

「は……」

「平常心でいられる？」

――あ。無理かもしれない。

さあっと血の気が引いていく。冷静に考えてみれば、太陽の下を素顔を晒して歩いている自分が想像できなかった。他人の視線が怖い。化け物だと罵られるかもしれない。そもそも、どういう顔をして歩けばいいの。私が外に出ても赦されるの――

「ほら、無理でしょ」

雪嗣さんの言葉に、コクコクとうなずいた。

なんてこった。私ってば、自分が想像していた以上にポンコツだ。

――役立たず。これじゃ、いつか捨てられても仕方がない……。

悲しみが押し寄せてくる。泣きそうな顔をした私に、彼は問いを重ねた。

「そんなに、なにかしたいの？」

「……ッ、は、はい」

「家でのんびりは嫌？　後継に譲ったばかりだけど、いままで二百年以上当主をやってきたからね。貯金はたっぷりある。無理に働く必要もないし、資産運用もしてるんだよ。祓い屋稼業の手伝いをすることもあるけど、それだって義務じゃない」

「家にいるだけなんて嫌、です。それじゃ、ただの穀潰し……」

「僕の奥さんという役目があるんだけどな」

「だ、だとしてもっ！　なにもしないのは、嫌……です」

すると、冷え切った私の手を雪嗣さんが握った。

「怖い？」

じわり、凍った指先が彼の熱で解けていく。

「怖いです。役立たずは、怖い」

涙声で答えた私に、ふう、と彼はひとつ息を吐いた。

——呆れられた？

心臓が嫌な音を立てる。でも、すぐにそれは誤解であると知った。

「じゃあ、段階を踏もっか。ちょっとずつ。ちょっとずつね」

彼が太陽みたいにまぶしい笑顔を見せてくれたからだ。

「まず、は、ヴェールなしで外に出るところ、から」

「正解。よくできました」

ポン、と頭に乗せられた彼の手の重みが、やたら心地よかった。

＊

そうしたやり取りを経てからの、今日である。

夏らしい青々とした空が広がった日、彼は私を邸から連れ出してくれた。

車で小一時間ほど移動する。車を降りると、そこには都会のオアシスが広がっていた。

新宿御苑(しんじゅくぎょえん)。江戸時代の大名屋敷がルーツと言われる場所で、日本庭園や整形式庭園などが四季折々の姿を見せて人々を楽しませている。

「入場料がかかるのもあって、平日ならけっこう空いているんだよ」

彼が新宿御苑を選んだ理由は、そこにあるらしい。

「じゃあ、行こっか！」

「……は、はい」

　正直、車から降りるのも一苦労だ。

　太陽がまぶしい。顔がスースーして落ち着かない。誰かの視線が怖かった。

　でも――ここでモダモダしていても仕方がない。

「えいっ！」気合いを入れて、無理やり車の外に出た。ドッと汗が噴き出る。でも、頬を撫でていく風の感触に胸が震えた。ああ、ヴェールなしの世界はまぶしすぎる。

「出られた……」

「出られたね！　おめでとう！」

　ドキドキしながら顔を上げると、雪嗣さんが両手を構えて待ち受けていた。もしかして、あれだろうか。漫画でよく見かける、なにか成功した時に手と手を合わせるやつ――

「あ、ありがとうございます……」

　これで大丈夫なのかな？　恐る恐る手を重ねると、ほわりと蕩けるような笑みを雪嗣さんが浮かべた。合っていたみたいだ！　きゅうと胸が苦しくなる。ああ、ああ。本当に嬉しい。触れ合った手のひらがとても心地よかった。

「この調子で行こう。側にいるからね」

「は、はいっ！」

「じゃあ、風景式庭園に向かおうか。綺麗な芝生があるんだよ」

私たちは、しっかと手を繋いで歩を進めた。全身には、雪嗣さんからもらった生命力が満ちている。だから、誰も傷つけないはず――。そうは頭でわかっていても、誰かとすれ違う時は緊張した。

「雛乃さん。大丈夫だよ」

だけど、足が止まりそうになるたびに彼が私を励ましてくれた。ビクビクしながらも、ゆっくりと歩を進める。十数分ほど歩くと、ようやく目的地である風景式庭園に辿り着く。

芝生の手前で足を止めた雪嗣さんは、小さく歓声を上げた。

「わあ、気持ちがいいね、雛乃さん！」

「……本当に」

広大な芝生が目の前に広がっていた。都内とは思えないのに、立ち並ぶ木々の向こうに高層ビルが顔を覗かせていて、大都市のただ中であると主張している……。なんとも不思議な景色。海外のオシャレな公園みたいだった。

綺麗に整えられた芝生の上では、何組かの家族連れがのんびりと過ごしている。

「ママ～！」

「ほら、こっちおいで！」

平日だからか幼児連れが多い。だけど、敷地が広大で他人との距離が離れているので安心できた。異能の力で、誰かを傷つけやしないかと恐れている私にはちょうどいい。

――風の匂いがする。

幼い子どもがはしゃぐ声が耳に楽しかった。誰もがのんびりと過ごす昼下がり。穏やかに流れる時間に、私の心も自然と浮かび上がった。まあ、そんな気持ちも、雪嗣さんの悪戯っぽい声でみるみるうちに萎んでしまったけれど。

「じゃあ、ちょっとチャレンジしてみよっか」

「えっ？」

「裸足で芝生の上を歩く。どうかな？」

——き、聞いてない。

「だ、だだだだ、段階を踏むんじゃ」

「そうだね。でも、せっかく来たんだし。それに」

雪嗣さんの瞳が悪戯っぽく輝く。

「少し前に、うちの中庭を裸足で歩こうとしていたでしょ？」

「……！」

頭を抱えたくなった。雪嗣さんの言葉に心当たりしかない。酸素ポンプを抜かれた金魚みたいに口を開閉した私は、荒れ狂う内心を必死に宥め、息も絶え絶えに訊ねた。

「み、見られて、いました、か……」

「ごめんね」

——ああああああ、もう！

恥ずかしすぎる。泣き顔を見られただけだと思っていたのに！

ひとり羞恥に悶えていると、雪嗣さんが気遣わしげに顔を覗き込んできた。

「やめよっか？」

紺碧の瞳に、困惑に染まった私の間抜け顔が映っている。

……ああ、本当にこの人は私になにも強制しない。求めないなあ。

その事実に気づいた瞬間、なんだか心が軽くなって。胸が甘く締めつけられた。

「いえ、がんばってみます」

気がつけば、自分らしくない前向きな発言が口を衝いている。

私も少しは変わってきたのだろうか。


「……よし。い、行きます」

芝生の際まで足を進める。気持ちを落ち着けようと、何度か深呼吸を繰り返す。

──まぶしい……。

青々とした芝生が、夏の陽差しをきらきらと反射していた。土の匂い。小鳥が囀る声。庭を渡る風がさわさわと草を鳴らし、遠くで蟬が騒いでいる。

命が其処此処にあふれていた。私が触れてはいけないもので辺りが満ちている。

──生命力は満タン。異能は停止しているから、大丈夫なはず……！

必死に自分を奮い立たせるも、血の気が引いて、手足が冷たくなっていった。かさり。どこかで、枯れ葉が擦れたような音がした。身が竦んで動けなくなる。脳裏に過去の光景が蘇ったからだ。私のせいで色褪せてしまった薔薇園。母が愛してやまなかった花がみるみるうちに枯れていく。死が拡がる。私のせいだ。私が殺した――

「大丈夫」

雪嗣さんの声で現実に引き戻された。

弾かれたように顔を上げると、彼の紺碧の瞳と視線がぶつかる。

海とも晴れた空とも思える瞳が柔らかく細まって、きらきらまばゆく輝いていた。

「なにがあっても側にいるから」

「……！」

ああ、きっと大丈夫。なんだか無条件にそう思えた。

決意を固めて、サンダルに手を伸ばす。裸足になって、彼の手を取った。

そっと芝を踏みしめる。足裏にひんやりとした感触があった。芝が当たってチクチクする。思いのほか、地面は柔らかかった。慎重に足を進める。芝は緑のままだ。丁寧に手入れされた芝は、私の体重を受け止めてなお、活き活きとした輝きを失っていない。

「……あ……」

たったそれだけで、涙があふれてきた。

命に触れている。なにも殺していない。私はここに立っている――

彼さえいれば、私は化け物じゃなくなる。その事実を改めて実感できた。

「よかった……」

思わずぽつりとこぼすと、唐突にふわりと体が浮いた。

「やったね！　雛乃さん!!」

気がつけば、雪嗣さんが私を抱き上げてクルクル回り出していた。

「きゃあああああっ!?　おろっ、下ろしてっ!?!?!?」

「ええ～？」

「ふ、ふふふ、普通に怖いですからっ!!」

「楽しいのになあ」

必死に抗議するも、雪嗣さんはちっとも聞いてくれない。ニコニコ顔で困惑しきりの私を見つめながら、ダンスでもするかのように軽やかに回っている。すっかり涙が引っ込んでしまった私は、なんとか逃れようと必死に抗議はしてみたものの――

「見て。仲いいねえ」

「可愛いカップル！」

ちっとも解放してくれない。周囲の人たちに生暖かい視線を投げられる始末だ。

「ゆ、雪嗣さんっ！　もおおおおっ！」

「アッハッハ！」

そんな私の反応を、雪嗣さんも楽しんでいるようだった。

しばらく回り続けた後――ふかふかの芝生の上に背中から倒れこむ。

「きゃあっ！」

悲鳴を上げた私を柔らかく抱き留めて、彼はますます笑顔になって言った。

「これでひとつやりたいことが叶ったね」

「……え？」

「雛乃さん。次はなにをしたい？」

地面が近いからか、濃厚な土の匂いが鼻腔をくすぐっていた。遠くで蟬が鳴いている。人々の穏やかな声が響き渡る広場で、硬直している私に彼は重ねて訊ねた。

「いままでたくさん我慢してきたでしょ。ねえ、次はなにをしよっか！」

——ああ。本当にこの人は。

全身の力が抜けて、くたりと彼に体を預ける。雪嗣さんの優しい匂い。どうしよう。心臓が痛いくらい鳴っている。答えなくちゃいけないのに、頭が上手く回らない。

「雛乃さん？」

促すような彼の声に、私はどうにかして自分の望みを導き出した。

「ふ、ふわふわの……」

「ふわふわの？」

「ふわふわのパンケーキを食べてみたいです」

やっと絞り出した言葉に、「そっか」と、彼は笑みを見せてくれた。子どもっぽいだろうか。じんわり頰を染めた私を、雪嗣さんはまぶしそうに見つめている。

「他には」

「え？」

「他には？　雛乃さんのこと、もっと知りたい」

じん、と頬が更に熱を持った。少し考え込む。思いつくままに望みを並べた。

「レストランで、食事をしてみたい、です。アイスクリームを食べ歩きしたい。旅館に泊まりたい、かも。温泉に入った後、テーブルいっぱいのご馳走を食べるんです。……ああ、そうだ。クリームソーダを飲んでみたくて」

「クリームソーダ？」

「緑色のシュワシュワの上に、アイスが乗っていて。真っ赤なサクランボがトッピングされてるんです。ゆ、夢みたいに可愛い飲み物……」

炭酸は私にとって未知の領域だ。

虫歯になるからと、母は炭酸飲料を飲ませてくれなかった。

「メロン味、でいいんでしょうか？　アイスは先に食べるものですか？　溶けちゃったら、飲み物の味が変わったりするのかな……」

なにもわからない。だからこそ、すごくワクワクする。

「た、食べものばっかりですね。……いつか、夢が叶ったらいいな」

吐息と共につぶやくと、

「ぜんぶ、叶えよう！」

雪嗣さんが勢いよく言って、思わず目を丸くしてしまった。

「ここには、売店もカフェもあるからね。クリームソーダが売っているかも。いや、新宿御苑になくとも、喫茶店に行けば飲めるはず！　探してみよっか！」

「……！　ほ、本当ですか」

「うん。それが雛乃さんがしたいことなんでしょ？」

こくりと喉が鳴った。なにより、雪嗣さんの気遣いが嬉しくてたまらない。

本当にこれが現実なの？

いまにも、炭酸の泡みたいにシュワシュワ弾けて消えてしまいそうだ。

「こんなに幸せでいいんでしょうか」

思わずこぼした言葉に、すかさず雪嗣さんが言った。

「いいに決まってる。こんなものじゃないよ。もっともっと幸せにならなくちゃ」

「いまよりも……？」

「そう！」

目頭がじわじわと熱を持った。だけど、必死に涙をこらえる。なんだか泣きたくない。

嬉しい時は笑った方がいい。そんな気がする。

「生きていてよかった。こ、このことは生涯忘れません」

「まるで、今日でぜんぶ終わるみたいじゃない？」

「………。今日で終わってもいいのに」

そうしたら、幸せな気持ちのままでいられる。なにも失わない。奪われない。

「雛乃さん……」

まぎれもない本音だった。だけど、雪嗣さんを悲しませてしまったようだ。

「ご、ごめんなさっ……」

慌てて謝罪を口にする。まっ青になった私に、彼はどこか呆れたように言った。

「まったく」

逞しい腕で優しく私の腰を引き寄せる。

体を密着させた彼は、私が落とした影の中でやたら楽しげに笑った。

「これから奥さんをもっと幸せにするという話なのに。勝手に終わらせないで」

あまりの威力に、心臓が止まりそうになった。はくはくと口を動かす私を、雪嗣さんは愛おしそうに見つめている。そのしなやかで大きな手を私の髪に沿わせると、さらさらと感触を楽しみ始めた。

「雛乃さんって、本当にどこもかしこも綺麗だね」

「初めて、い、言われました……」

「君の周囲にいた人間は、本当に見る目がないよねえ」

クツクツと喉の奥で笑う。紺碧の瞳に影が差し込んで色が深くなる。機嫌がいい時の猫みたいに目を細めた彼は、

「まあ、奥さんが綺麗だってことは、夫の僕だけが知っていればいいか」

そう言って、長く息を吐いた。気がつけば、綺麗な紺碧は瞼の下に隠されてしまってい

る。ひどく穏やかな彼と違って、私はちっとも落ち着けない。

——鼓動の音がうるさいって思われたらどうしよう。

とはいえ、彼の手を振り払おうとは思えなかった。

ここにいたいと心から思う。彼の体温が感じられる場所は、とても居心地がいい。

たぶんそれは——私の居場所だからだ。誰にも触れられないと、触れてはいけないと考えていた頃からすれば、劇的な進歩だと思った。ううん、変化と言えるかもしれない。

だって……いまは。雪嗣さんに触れたいとさえ思っている。

そろそろと彼に手を伸ばす。目指すは柔らかそうな白髪だ。タンポポの綿毛のような透明感。触り心地はどんなだろう——

「……ん?」

もうすぐ触れられる。そう思ったのに、ぱちりと紺碧の瞳と目が合ってしまった。

「なにしてるの」

「あ、あああああ、あのっ!!」

真っ赤になって慌てた私に、雪嗣さんは悪戯っぽく目を細めた。

「触れようとしてた?」

私の手首を摑んで「いいよ」と自分の頰へと導く。

「僕ね、雛乃さんに触れてほしい」

すりすりと手のひらに頰ずりされて、全身が沸騰したみたいに熱くなった。

　──こんなこと初めて言われたし、初めてしてもらった。

　彼の柔らかで滑らかな頬が触れるたび、体が震えそうになる。どこか心地よさげな彼の姿に羞恥を覚えて、そっと視線を逸らす。

　か細い声で、いつも通りの言葉足らずの問いをぶつけた。

「……どうして？」

「〝いまを生きてる〟って感じがするんだ」

　──それはどういう意味なのだろう。

　疑問を口にする前に、優しく手を引かれた。

　お互いの顔が自然と近づく。紺碧に視線が搦め捕られた。吸い寄せられるようにふたりの隙間が埋まる。吐息が絡んで、鼻先が──触れ合いそうになった。

　ビーッ!!　ビーッ!!　ビーッ!!

　瞬間、けたたましい音が周囲に鳴り響いて、意識が現実に引き戻される。

「……な、なに!?」

　鼓膜を震わせたのは、けたたましいアラート音だった。発信源は雪嗣さんのスマートフォンだ。彼だけじゃない。周囲の人たちのスマートフォンも警告音を発している。

「怪異出現アラート!?」

　怪異が多く出現する現代において、人々を守るために作られた機能だった。危険な地域にいる人間に、素早く危機を報せてくれる。つまり──近くに怪異がいるらしい。

「うわ。すぐそこじゃん。神崎家の祓い屋が対処してるみたいよ！」

「本当!?」

芝生でのんびり過ごしていた人たちが色めき立った。慌てて立ち上がって、どこかへ去って行く。私はといえば、まっ青になってその場から動けずにいた。

「……神崎家……」

私の実家。亡くなった母のためにも、守り抜かなければと思っていた家。

そして――父や異母妹に奪われ、二度と戻れない場所だ。

「あっ……！」

どぉん、とそれほど遠くない場所から爆音が聞こえた。高層ビル群から煙が上がっている。かなりの被害が出ているようだ。

――おかしい。神崎家の人間が向かったはずなのに、どうして？

怪異退治を完遂すること以外に、周囲への被害を最小限に抑えるのが祓い屋のセオリーだ。なのに、高層ビルの被害は目も当てられない。どうしたのだろうか。苦戦でもしているのだろうか。神崎家所属の祓い屋たちは、とても優秀なはずなのに……？

「なにをしているの……」

苛立ちが募った。現場の祓い屋たちに任せて大丈夫だろうか。神崎家の人間として恥じぬ仕事ができているだろうか。心配だった。亡くなった母が大切にしていた家を守りたい。それが私の長年の願いだったから。

「雛乃さん？」

「あ……」

落ち着きをなくした私を、雪嗣さんが気遣わしげに見つめている。

いけない。私は嫁いだ身だ。いまは実家と関係ないのに……。

気丈に振る舞おうと顔を上げた。強ばった顔に笑みを浮かべる。

「だ、だいじょう……」

「ちっとも大丈夫じゃないでしょ」

私の強がりは通用しないようだ。彼は、こう提案してくれた。

「心配なら、現場に行ってみようか？」

「…………ありがとう、ございます」

ああ、また迷惑をかけてしまう。複雑な気持ちでお礼を言った。

ポスポスと優しく私の頭を叩いた彼は、ゆっくりと起き上がった。お互いの体についた草切れを払い終わった頃には、いつも通りの表情に戻っている。

「クリームソーダはまた今度。でも、なるべく早く実現しようね」

「は、はいっ。ぜひ」

そしてそっと私の耳もとに顔を寄せた彼は、どこか楽しげに囁いた。

「キスもね」

「〜〜〜〜ッ！」

真っ赤になってしまった私が、しばらく平常心に戻れなかったのは言うまでもない。

＊

怪異退治は、一種のエンタテインメントだ。

そう言ったのは、いったい誰だったか。

永きに亘って怪異と死闘を繰り返してきた祓い屋たちは、異能を駆使することによって、格段に安全性を高めてきた。やがて結界専門の祓い屋——結界師の出現により、被害を劇的に減らすことに成功。怪異を結界に閉じ込めたままで戦闘を行い、周囲の人間の安全が担保された状態で討伐できるようになる。結果、祓い屋による怪異退治は〝見世物〟としての一面を深めていった。

強い異能を持つ人間ほど、優れた容姿を持っているから尚更だ。美男美女が、不思議な技を駆使して誰かの暮らしを守っている……人々が熱狂しない訳がない。いまや、アイドルに近い扱いだ。グッズの販売や、非公式のファンクラブすら存在するという。

そのせいか、怪異アラートが出た場所はいつだっておおぜいの見物客で賑わっている。手製の応援グッズを手にする者、交通誘導に駆り出された警官、テレビを始めとしたメディア……。だから、いつものように現場は歓声にあふれていると思っていたのだ。まさか、お通夜のように静まり返っているなんて、想像もしていなかった。

「いったいなにが……？」

異様な雰囲気に困惑しつつも状況をうかがっていると、原因が明らかになってきた。

祓い屋が、苦戦を強いられているのだ。

新宿の街に下り立った怪異は、虚無僧によく似た僧衣の化け物だった。2トントラックよりも大きな体を四つん這いにして、襲い来る祓い屋たちをなぎ倒している。

「ぐあああっ！」

張り巡らされた結界に、祓い屋のひとりが背中から打ち付けられた。結界という見えない壁に鮮血が散る。ズルズルと地面に座り込んだ祓い屋は、端整な顔を苦痛に歪ませて、そのまま動かなくなった。

「回り込め！　足止めしろ！」

大ぶりの刀を手にした祓い屋が指示を飛ばしている。その声に余裕はない。

祓い屋は多種多様な異能を操るものだが、私のように生命力を他者から奪って戦う力に変換したり、異母妹のように炎を喚び出したりする能力は稀だと断言してもいい。

祓い屋の中で最もスタンダードな異能は、自身の生命力を武器に変換する能力だ。

〝活刃（かつじん）〟――今回の怪異に対処している祓い屋たちも、自身の生命力を日本刀に変換して戦いに臨んでいるようだった。

「一斉にかかれ！」

号令と共に複数人が怪異に斬りかかった。

「なっ……!?」

しかし、怪異は素早い動きでことごとく刃を躱した。ぶうん、と唸りを上げた鉄杖(てつじょう)が祓い屋たちを薙ぎ払う。「ぐうっ!」指揮を摂っていた祓い屋は、刀で鉄杖を受け止めるも、途端に刃が粉々に砕け散ってしまった。そのまま結界に叩き付けられてしまう。

「ひどい……」

状況は圧倒的に不利だった。〝活刃〟によって作られた武器の強度は、本人の能力値に比例する。どう見ても、あの怪異に対峙するには実力が足りない。力不足だ。観客もそれを理解しているのか、誰もが不安げに祓い屋たちの戦いを見守っていた。

「ギャヒ、ギャヒ、ギャヒッ……!」

新宿の街が静寂に包まれている。その場に響いているのは、怪異が上げる不気味な笑い声と、苦戦している祓い屋たちの息づかいだけだ。

「どうしたことでしょう」

ふと女性の声が耳に届いた。その人物は、ニュースサイトの記者のようだった。平均より小柄な身長で、癖のある赤毛にソバカス。どこか小動物を思わせる彼女は、カメラを回している相方に状況を語り始めた。

「怪異出現アラートを頼りに現場に駆けつけた我々ですが、衝撃の場面に立ち会っております。新宿に突如として現れた怪異に、祓い屋たちが圧倒されております。十人ほど派遣されていた祓い屋は壊滅状態。結界師が辛うじて怪異を閉じ込めているような状況です。

一方、怪異はほとんど消耗しておらず……」

　緊迫の表情でこくりと唾を飲み込む。記者の女性は深刻な様子で続けた。

「このまま結界師が倒れれば、怪異が野放しになることは明らかです。その場合、対抗手段を持たない群衆に被害が出るのは確実。新宿の街は血に染まるでしょう。私たちはいま……命の危機にさらされています。一刻も早い応援の到着が待たれます」

　このままじゃ、見学している人たちにも被害が及ぶ。

　すべては神崎家の祓い屋がしくじったせいだ。

「なにやってんだよ。名家の祓い屋だろ!?　いちばん強いんだろ!?」

「とっとと倒せよ。手ぇ抜いてるんじゃねえよ！」

　集まった人々の間から不満の声が漏れ聞こえてくる。その声を耳にした途端、全身から血の気が引いて行くのがわかった。

　――このままじゃ、神崎家の信用が失墜する……！

　メディアやマスコミ以外にも、おおぜいの人々がスマートフォンを構えていた。動画を撮っているのだ。神崎家の祓い屋たちが苦戦している様子は全世界に配信されているだろう。その上、一般人に被害が出たとなれば、責任問題に発展するのは明らかだ。

　――でも、どうして？

　あの怪異とは以前にも戦った記憶がある。人に近い姿を持つ怪異ほどしぶといが、神崎家には実力のある祓い屋がおおぜい所属していた。倒せない敵ではない。なのにこのザマはいったい？　どうして実力が釣り合わない人間が派遣されているの？

「……行かなくちゃ」

気がつけば、フラフラと歩き出していた。

私なら倒せる。窮地から人々を救い出せる。これ以上、家の失態を晒す訳にいかない。

「雛乃さん、どこへ行くつもりなの」

雪嗣さんに手を引かれて、ハッとした。

「わ、わ、わた、し……」

自分の行動を理解した瞬間、ドッと冷や汗が噴き出してきた。

なにを出しゃばろうとしているのか。私は家を追放された人間だ。助ける必要なんてない。戦いを強制する父はここにいないのだ。傍観していても誰も責めないだろう――

――でも。それでも。

ぎゅうっと拳を握りしめた。

母が大切にしていた家の危機を見過ごせない。

「雪嗣さん……」

決意のこもったまなざしを、夫となった人に注ぐ。

彼はふうと息を吐くと、困り切った様子で私を見つめた。

「どうしても行きたい？」

「は、はいっ！」

うわずった声で返事をすると、雪嗣さんは小さく肩を竦めた。

「雛乃さんを、危ない場所に行かせたくないんだけどなあ……」

そっと私に寄りそう。彼の長い指がするりと私のそれに絡んだ。それも両手だ。自然と体が密着していく。近い。近すぎる！　心臓の鼓動がどんどん速まっていった。

「仕方ない。可愛い奥さんのおねだりだしね。ここで希望を叶えてあげるのが、男の甲斐性ってものかな」

ニコリと笑んだ雪嗣さんは、さも当然のように続けた。

「僕も一緒に行くよ」

「そ、それはっ！　駄目です！」

「やっぱり？」

神崎家が仕切っている現場に、ライバルである龍ヶ峯の人間……それも、前当主が顔を出したら大事になってしまう。それに、雪嗣さんがめざましい活躍をしたら、神崎家の信用問題にとどめを刺しかねない。

「できれば、身内で解決したいんです。わ、私はもう外部の人間ではありますが、まだ身内だと言い張れます。任せてください。こう言ってはなんですが、私、つ、強いので」

いまだ応援が到着する様子はない。ここで動けるのは私だけだ。

「神崎家の直系として、た、戦う術は身についています」

「……わかった」

頭上からため息が落ちてくる。

私の頭にポスンと顔を乗せた彼は、吐息と共に言った。

「絶対に無理はしないで」

「んんっ……」

すると、手のひらから、じわじわと彼の生命力が流れ込んでくるのがわかった。

体にはじゅうぶんな生命力が満ちているのに、だ。

「〝吸命〟の異能は、生命力が多いほど力を発揮できるんだって」

どうやら、自分の意思で生命力を流し込んでいるらしい。そんなこともできるのか。少しだけ戸惑ったものの、彼の生命力のあまりの温かさに、ついうっとり浸ってしまった。

「うん。これくらい注げば大丈夫かな」

「あ……」

雪嗣さんの声で正気に戻る。パチパチと目を瞬いた私に、彼は笑顔で言った。

「いってらっしゃい」

「はい！」

くるりと踵を返す。勢いよく駆け出した私に「ピンチになったら助けるからね！」と彼が声をかけてくれた。

雪嗣さんの声援を背に、必死に足を動かす。

頬が熱かった。体中に満ちた彼の生命力が、背中を押してくれている。

――やれる。がんばれる。

ふうっと吐き出した息はどこまでも熱い。

私はやる気に満ちあふれていた。

＊

駆ける、駆ける、駆ける。

「すみません、ごめんなさい」

人々の間を無理やりすり抜けていく。

この頃になると、危険を察知して逃げ出す人たちがおおぜいいた。みんな余裕がない。肩がぶつかる。足がもつれて転びそうになる。それでも走るのを止めなかった。

「おい、あの子……」

誰かが私に気がついて声を上げた。人の流れに逆らう私は目立つらしい。すれ違うたびに、驚いた顔で振り返る。背中にヒシヒシと視線を感じて、足が竦みそうになった。

――そういえば、観客がいる場所で怪異退治をしたことがない、かも。

私が〝死神姫〟として駆り出されていたのは、いつだって人里離れた戦場や田舎だった。私の手柄はすべて妹の凜々花のものにされていたから、父はできるだけ〝死神姫〟が人前で戦わないように配慮していたのだ。

『他人の生命力を糧にするお前は醜くておぞましい。なるべく目立つな』

父から何度も告げられた言葉。実際、誰かの命を得るごとに、妖しく紅い瞳を輝かせる私は、見るに堪えない容姿をしているのだろう。だから、私はできるだけ人目に付かない場所で戦いを重ねた。その癖、凛々花を持ち上げる時だけ私を人前に連れ出すので困ったものだ。黒いヴェールで容姿を隠し、黙って後ろに控えている私は妹のイメージアップに最適だった。そのせいで、美しい妹に嫉妬した醜女などと言われていたようだ。

——見苦しいかもしれないけど、今日は我慢してほしい。

神崎家の信用を取り戻すためだ。口を引き結んでひたすら駆ける。目指すは結界師だ。激しい戦闘が繰り広げられている現場から少し離れた場所に彼はいた。

「危ないから近づかないで！」

神崎家の中でも古参の結界師だ。よかった。顔見知りだ。

「あ、あ、あ、あの……」

「離れてと言っているだろう！　死にたいのか！」

結界内に入るには、結界師の許可がどうしても必要だった。なのに……。

——嘘。気づいてくれない！

この結界師とは、何度か同じ討伐部隊に所属した経験があったはずだ。どうして？　私は〝死神姫〟だ。顔を知らない訳がないだろうに——

「……あ」

ヴェールがないから気づいてくれないんだ……！

衝撃だった。まさか、こんなことで躓くなんて。

――ど、どどどど、どうしよう……。

こんな状況で名乗っても信じてもらえる気がしなかった。とはいえ、結界師を納得させるだけの話術なんてない。途方に暮れて視線をさまよわせていると、

「あの！」

ふいに誰かが私の手を引いた。

「えっ？」

振り返ると、そこには例の記者が立っている。弾んでいた息をなんとか整えた彼女は、どこか苦しげな表情で私を見つめて言った。

「あなた！　もしかして〝死神姫〟ではないですか⁉」

しん、と静まり返っていた周囲に、彼女の声がやたら響いた。

「そ、その紅い瞳！　間違いないわ。神崎家直系の特徴ですよね⁉」

興奮した記者の女性の声に、誰もが足を止めて私を見つめている。

「〝死神姫〟？」

「アレか、神崎凜々花を虐め抜いてるっていう姉」

「ああ、不細工で化け物って噂の――」

ふいに聞こえてきた自分の醜聞に、感情がグチャグチャになった。

——嫌だ。そんな目で見ないで。

青ざめた雪嗣さんが動いたのが見えた。見かねて助け船を出してくれるつもりだ。

——意気込んで飛び出したのに。

あまりにも不甲斐なくて泣きそうになっていると、

「ぐあああああああっ!!」

若い祓い屋の悲鳴が聞こえてきた。顔を上げた瞬間、鮮血が空中に軌跡を残したのが見えた。そのあまりにも鮮やかな赤に息を呑む。気がつけば、討伐に当たっていた祓い屋はすべて地に伏していた。立っているのは怪異だけだ。次の狙いを結界師に定めている気配すらあった。結界師に戦闘能力はない。このままでは人々が危険に晒されてしまう!

「私がやらなくちゃ」

いま、この場で戦えるのは私だけだ。家を守る。守るのだ。お母様のためにも!

自然と顔が前を向いた。記者の女性と視線が交わる。強ばった表情の彼女に、申し訳なく思いながら言った。

「ほ、本当にごめんなさい。目障りかもしれないけど、少し我慢してほしい、です」

「えっ? それはどういう——」

「アレを片付けてくる、ので。文句は、あ、後で聞きます」

結界師に視線を向けると、彼は怯えた様子でうなずきを返してくれた。

私が〝死神姫〟だと理解してくれたようだ。容姿に特徴があってよかった。

結界に手を伸ばす。怪異を閉じ込めていた透明な檻は、私の侵入を阻まなかった。足取りも軽やかに走り出す。体中に観衆の視線が突き刺さっているのがわかった。人々が固唾(かたず)を呑んで戦況を見守っている。いつもと勝手が違って戸惑った。けど――

雪嗣さんからもらった生命力を変換した途端、どうでもよくなった。

彼の生命力は体によく馴染む。頭のてっぺんから指先までを強化した。状況を冷静に判断する思考力を、どんな硬い物質も断ち切るだけの腕力を、軽い助走で何メートルも飛び上がるだけの脚力を得た私は、完璧だった。

――ああ。こんなにたくさんの生命力を自由に扱えるなんて、生まれて初めて！

まるで負ける気がしない。万能感に酔いしれながら怪異に肉迫した。

「グギャッ！　ギャアアアアアアアアッ！」

怪異が耳障りな咆哮を放つ。鉄杖を大きく振りかぶった。猛烈な速さ。普通ならば叩き潰されてしまうだろう。「ひいっ！」誰かが凄惨な結末を予想して悲鳴をあげる。だけど、私はまるで焦らない。この程度――簡単に避けられる。

軽やかにステップを刻んで鉄杖の着地点からズレる。アスファルトの地面が抉れて大きな音を立てた。トン、と地面を踏みしめた私は体を捻りながら飛び上がる。怪異の腕に着地して、そのまま駆け上った。

「……すげえ」

感嘆の声が聞こえたような気がした。観衆が目を丸くして私の一挙一動を見ている。

「グギャアアアッ！」

蝿を払うかのように、怪異が反対の手で私を狙ってきた。唸りを上げて迫る手を飛び上がって避ける。怪異の体に着地する。避ける。着地する。同じことを何度か繰り返す。その間に力を練っていく。自分の武器を喚び出すために。

〝活刃〟を始めとして祓い屋が扱う武器は、それぞれの力を使いやすい形に具現化したものだ。日本の祓い屋は、刀を選択する人が多い。雪嗣さんもそうだった。

でも、私は違う。私は自分で武器の形を選べなかった。〝死神姫〟と呼びたがった父が強制したのだ。

「……来て」

だから、私の武器は——漆黒の死神の鎌（デス・サイス）である。

私の身長よりもはるかに巨大な鎌が出現すると、怪異が怯えの色を見せた。

「ギャッギャアアアアアア！」

逃げ腰になる。実力差にようやく気がついたらしい。怪異の癖に、媚びたような視線を投げかけてきたが、もう遅い。

「……さよなら」

ぽつりとつぶやいた後、強化した腕力に物を言わせて、思い切り死神の鎌を振るった。

「ギャァ……」

巨大な首が宙を舞った。怪異の目が驚きに見開かれている。どう、と地面に落ちた首は、やがて黒い靄となって空中に溶けて消えた。

残ったのは静寂だけだ。結界が解けていくのを視界に認めながら、体の力を抜いた。

ちゃんと倒せたようだ。死神の鎌を消し去って顔を上げる。ドクドクと心臓が激しく脈打っていた。体中が戦闘の余韻で火照っている。

「ふう……」

熱を逃がすように息を吐いた瞬間——かちん、と固まってしまった。

「「…………」」

おおぜいの人間に注目されていたからだ。

驚き、困惑——人々は様々な感情を浮かべている。

「あ……」

思わず後ずさる。ああ、怪異を倒した後のことをちっとも考えていなかった。

私は、みんなが愛してやまない神崎凜々花を虐めている意地悪な姉。嫌われ者だ。そんな人間を視界に入れたら、どんな感情を抱くか……察してあまりある。

『うっわ。なんだあのヴェール。気持ち悪ッ！』

『祓い屋って美形が多いけど〝死神姫〟は違うんだろ？』

『違いない。醜い顔を隠すためのヴェールなんだろ。心まで腐ってんだろうな』

過去に投げつけられた罵倒を思い出して、みるみるうちに体が冷えていった。

『うわあああん！　あのお姉ちゃん、怖いよう！』

遠い日に聞いた泣き声が脳裏にこだまする。幼い子どもも観衆の中にいたはずだ。怖がらせてしまったかもしれない。なんだか申し訳ない気持ちになった。

「ご、ごめんなさっ……」

――これ以上、誰かを不快にさせたくない。

慌ててその場を去ろうと、観衆に背中を向けた――その時だった。

「「うおおおおおおおおおおっ！　すげえええええええええ!!」」

歓声で空気が震えた。

ビリビリと鼓膜が破れそうなほどの音量に立ち尽くす。「え……？」困惑を隠し切れずに振り返ると、興奮で頬を染めた人々が視界いっぱいにあふれていた。

「すっげえ!!　十人がかりで倒せなかった怪異をあんなにあっさり!?」

「俺ら、すげえものを見たんじゃないか……」

「〝死神姫〟が戦うところ初めて見た！　踊ってるみたいだったわ……」

「美人だなあ……！　誰だよ不細工って言ったの。強すぎる。かっこいい～！　鎌遣いってのも、あだ名にマッチしてていいよな！」

「やばい。推せる。次から〝死神姫〟担になろうかな……」

「ねえ、〝死神姫〟のファンクラブってあるの？　よかったら一緒に入ろうよ！」

――なんで？　どうして？　ファンクラブ？　推す？　わけがわからない……。

予想外のことが起きすぎて、頭がパンクしそうだった。

私は〝死神姫〟で化け物だ。その事実は変わらないはずなのに。

どうしてみんな、私を受け入れているの？

「雛乃さん」

気がつけば、近くに雪嗣さんが立っている。集まっていた女性たちが「龍ヶ峯雪嗣だわ！」と色めき立った。名家の出身だけあって彼も有名人だ。雪嗣さんは整った容姿をしている。〝死にたがり〟だの冷徹だのと言われていても、彼を慕う女性は少なくない。

「お疲れ様」

雪嗣さんが笑みを浮かべると、どよめきが起きた。

「「〝死にたがり〟が、笑ってる……!?」」

よほど珍しいのか、誰もが目を丸くしている。でも、私はそれどころではなかった。

「ゆ、雪嗣さん。これは、ど、どういうことなんでしょう」

フラフラ近寄って助けを求めた。体の震えが止まらない。理解の範疇を超えた反応があまりにも恐ろしかった。いますぐにでもここから逃げ出したい。なのに——

「〝死神姫〟様〜！　素敵、こっち向いて〜！」

「あう……」

人々から寄せられる好意が理解できなくて。いまにも泣きそうになっている。

「アハハ」

ふいに肩を抱かれた。顔を上げると、雪嗣さんの紺碧の瞳と視線が交わる。

「そうか。こんな扱いをされたこと、いままでなかったんだねえ」

ますます笑みを深めた彼に、キャアアア！　と女性陣から悲鳴が上がった。

「な、なにを……」

困惑している私に、彼は耳もとで囁いた。

「別に身構える必要はないと思うよ。単純に君の活躍を褒め称えているだけだ」

「褒め……て？」

思わず眉根を寄せた。そんなの信じられるはずもない。いままで、散々私には価値がないと言われてきたというのに――

「ありがとう～！」

「これからもがんばって！　応援してる！」

こんなに温かい言葉をもらう理由がわからない。祓い屋として多くの怪異を屠ってきたが、以前は貶されるばかりだった。なのに、今回だけ賞賛されるだなんて。

「どうして……？」

思わずつぶやいた疑問に、雪嗣さんはすぐに答えをくれた。

「それは、君を貶める人間はここにいないから。誰も君の評価を歪められないからだ」

「――あ……」

すべてが腑に落ちた。私が蔑まれていたのは、罵倒を浴びせられていたのは、父や異母妹のせいだ。あまりにも常態化しすぎていて、違和感すら抱かなくなっていた。呪いのように、知らないうちに私を蝕んでいたのだ。

「君はおおぜいの命を救った。褒められて当然だよ。ほら、胸を張って！」

「は、はい……」

優しい言葉がじわじわと脳内に染みていった。理解が深まるごとに胸が熱くなる。頭の中がグチャグチャになって涙がこぼれそうだ。

「泣き顔もいいけどね。笑顔を見せてあげなよ。きっと喜ぶから」

――本当に？　本当に私なんかの笑顔で？

恐る恐る、人々の方に視線を向ける。

「さあ、手を振ってみて」

雪嗣さんに言われるままに、笑顔を作ってみた。半信半疑のまま、ひらひらと手を振る。とても無器用な笑みだったと思う。泣き顔と大差なかったかもしれない。

「「わあああああああああああっ!!」」

だけど、みんな歓声を上げてくれた。私の笑顔に応えてくれる。

興奮気味に拳を振り上げたり、ぽうっと頬を染めたり、隣の人と笑い合ったり。

私の所作ひとつで、誰もが幸せそうにしている。

――それは、あまりにも私が知る光景とは違いすぎて。

「……ッ！」

「わ、雛乃さん？」

混乱のあまり、思わず雪嗣さんに抱きついてしまった。

「「きゃあああああっ!!」」

「あのふたりっ！　どういう関係なのっ！」

「こないだニュースで結婚したって言ってたよ。つまり夫婦……！」

「えっ……不仲なんじゃなかったの。眼福すぎる」

なぜか周囲が大騒ぎしているが、知ったこっちゃない。彼の胸にグリグリと顔を擦り付ける。そうしないと、羞恥と困惑と歓喜の感情に呑み込まれてしまいそうだった。

「アハハ。耳も首筋もぜんぶ真っ赤だ」

雪嗣さんは私を優しく抱き留めてくれた。背中をゆるゆると撫でてくれる。

彼から生命力が伝わってきた。戦闘で消費したぶんが補給されているらしい。体の中に力が満ちていく。温かいお湯に浸かっているみたいだ。それがあまりにも心地よくて。

「あっ、え？　あっ……」

「……雛乃さん？」

なぜだか、腰が抜けてしまった。

体に力が入らない。地べたに座り込みそうになっていると、

「よいしょ」

「きゃあああああっ!?」

突然、雪嗣さんが私を抱え上げた。いわゆる——お姫さま抱っこというやつである。

「ゆ、ゆき、ゆゆゆゆ……！」

意味のない言葉しか出てこなくなってしまった私に、雪嗣さんは笑顔で言った。

「このまま帰ろっか。後始末は神崎家の連中がしてくれるでしょ」

「おろ、おろして……」

「だーめ。お嫁さんの世話をするのは、旦那さんの務めでしょ？」

「でも、でもっ……！」

「文句は聞きません。黙って僕に抱っこされていて？」

「うう……」

クスクス笑った雪嗣さんは、そのままスタスタ歩き出す。

周囲はまさに阿鼻叫喚だった。外野の女子たちは絶叫しているし、男性たちは雪嗣さんを囃し立てている。嬉々としてスマートフォンを向けてくる人々の群れに、恥ずかしさのあまり私は顔を覆ってしまった。

──は、早く帰りたいっ……！

願うのはそればかりだ。

「あのっ！　私、記者の山中と申します。〝死神姫〟様にっ！　雛乃さんに、ぜひともインタビューをさせてもらえませんか……!!　これ、私の名刺です！」

「いただくよ。なるべく早く連絡します」

例の記者と雪嗣さんがやり取りしているけれど、ちっとも頭に入らない。怒濤の展開に翻弄され、私は小動物みたいに震えていることしかできなかった。

「雛乃さん。今日はとってもがんばったね」

鼓膜を震わせた彼の声が、どこまでも優しく響く。

たぶん、生涯忘れられない日になったと思う。

今日という日に踏み出した一歩は、本当に大きい。

もしかしたら——誰にも責められない、虐げられない未来が待っているかもしれない。

そんな風に思えてしまうほど、幸せな一日だった。

第五話　〝死にたがり〟が望むこと

怪異退治の熱狂が冷めやらぬ中、子ウサギみたいに震える妻を抱えて歩きながら、僕はどこまでも上機嫌だった。

「雪嗣様ー！　こっちを見て～！」

「結婚したって嘘ですよね!?　ねえ、嘘だって言って～！」

観衆から様々な声がかかるものの一顧だにしない。……いや、耳障りだとは思った。雛乃さんが不愉快に感じたらどうしてくれる。

「………」

「ヒッ！」

大騒ぎしている女性に底冷えするような視線を向けると、まっ青になって口を噤んだのがわかった。そっと腕の中を確認してみると、恥ずかしさに悶えているらしい雛乃さんの様子に変わりはない。雑音には気づかなかったようだ。心から安堵する。

そうだ。他の人間なんてどうでもいい。

僕が笑いかけるのは、大切に思うのは、必要としているのは――彼女だけだ。

その他は有象無象と変わらない。なんの価値もないのだから。

――雛乃さんがいるから、僕はこれからも生きていける。〝生きよう〟と思える。

長いこと〝死にたがり〟と呼ばれていた僕は。

ようやく手に入れた幸福に、心から安堵の息を漏らしていた。

＊

僕はいつだって死を望んでいた。

すべては呪われし異能のせいだ。特別になんてなりたくなかった。

ごくごく〝普通〟でありたかったのに。そんなささやかな願いさえ叶わない。

異能を発現するまで、僕はそこら中にいるような〝普通〟の男だった。

当時はまだ東京が江戸と呼ばれていた頃だ。僕は長屋で暮らす庶民で、名前だっていまとは違った。人生設計だってシンプルだ。年老いた両親の面倒を見ながら、気立てのいい妻を娶って、子を作る。日銭を稼ぎながら明日の天気を気にするような生活——

それが、人生のすべてだと思っていたのに。

この身を襲った小さな異変が、僕の人生をがらりと変えてしまった。

最初に気がついたのは両親だ。

「お前、目が。目の色が。髪だってそんなに白くなって。顔も……」

僕の見かけが急激に変化し始めたのは、二十歳も過ぎた頃だった。そろそろ嫁をと思っていた矢先に、瞳は南蛮人を思わせる色に変わり、髪は老人のように色が抜け、目立つところがなかった容姿は、誰もが見惚れるような色香を放つようになった。

なにかが起こっている。だが、原因がわからない。

困惑している僕のもとに、ある日、おおぜいの人間が押しかけてきた。

「あなたこそ、龍ヶ峯の次期当主でございます！」

「なんだって……！　やったな、お前！」

突然の報せに、両親や親戚、近所の連中は喜びに沸き立った。

龍ヶ峯の当主に選ばれる。それはなによりの慶事だったからだ。

祓い屋として龍ヶ峯は当時から有名だった。当主の選び方の特殊性も合わせて、だ。

名家の当主となるべき人間は、数百年に一度、日本のどこかに現れる。

白髪碧眼の男性であることが目印で、ほんの少しでも龍ヶ峯の血を引いていればいい。

〝不老不死〟という異能の発現の頻度がかなり低く、血の濃さが関係しないせいだ。

そのせいか、ずいぶんと当時から世間を賑わせていた。ある日突然、有名な祓い屋の当主に選ばれる……。身分は関係ない。今でいうシンデレラストーリー。龍ヶ峯を題材にした歌舞伎も作られていたくらいだ。それだけ〝夢のある話〟だった。

僕も龍ヶ峯本家の遠い縁戚に当たるらしい。

――だから選ばれてしまった。運の悪いことに。

当時の僕は困惑しきりだった。まるで実感が湧かない。我が身に降りかかった出来事が、幸福かどうかすら判断できないくらいだ。

「こりゃあ、めでてえや。酒盛りだ！　みんなに声をかけろ！」

「よかったねえ。アンタは私の誇りだよ」

だけど、周囲があまりにも喜ぶものだから、僕はその状況を受け入れるしかなかった。大切だった家族や友人と、ほとんど強制的に縁を切らされ、なかば人さらいも同然に龍ヶ峯の家に連れられてきても。

「今日からここが、あなた様の帰るべき家にございます」

自分になにが起こったのか、ちゃんと理解しないままだったように思う。

——その日から、僕の世界は一変した。大邸宅にある広々とした一室を与えられる。おおぜいの使用人に傅（かしず）かれ、貴人のように恭しく扱われる。

「雪嗣様」

身分にふさわしい名前を与えられ、望めばなんでも手に入るようになった。

以前の生活振りからすれば天と地ほどの差がある。初めのうちは嬉しく思っていた。いままでの行いがよかったんだ、なんて。浮かれてすらいたんだ。

——それも、発現した異能の特異性に気づくまでだった。

「もう嫌だ!!　家に帰してくれ!!」

龍ヶ峯の異能は、僕からことごとく〝普通〟の生活を奪った。

ジリジリと精神が削られていく。異能を発現した後の生活はまさに生き地獄だった。

みっともなく涙を流して叫んでも、誰も聞き入れてくれない。気がついた時には、龍ヶ峯の邸宅の奥深くに閉じ込められていて、逃げ出すことすらできなかった。

次期当主となるべき人間が、昼夜問わずわめき続ける……。

代替わり前の龍ヶ峯家では恒例行事らしい。

「あなたは選ばれたのですよ」

顔を合わせる誰もが、したり顔で僕を説得にかかる。彼らは龍ヶ峯の当主を神のように崇めていた。人類共通で囚われている老化という鎖から解き放たれた人間は、誰よりも幸福だと彼らは考えている。そして、その価値観を押しつけてきた。みんなどうかしている。奴らは僕を見ているようで見ていない。彼らが透明な目で見ているのは、そして彼らが必要としているのは――

龍ヶ峯の家を象徴する異能だけ。僕じゃない。

その事実に気がつくまで、それほど時間はかからなかったように思う。

疲弊しきった僕は、やがてじょじょに考える力をなくしていった。

「家族に会わせてくれ……」

「なりません。あなたはもう龍ヶ峯雪嗣様。以前の家族とは関係ありませんから」

「自由になりたい……」

「なりません。異能で怪異を倒す。それがあなた様の務めにございます」

ブツブツと要望ばかり口にする僕に、世話役の男はさも当然のように言った。

「二百年もすれば、新しいご当主様が現れるでしょう。お役目も終わります。そうしたら、お好きになさるといい。歴代のご当主もそうなさっておりますから」

なにが〝夢のような話〟だ。

これは呪いだ。

人の心を死に至らしめる呪いとしか言いようがない。

「死にたい」

そうつぶやくようになったのは、いつ頃からだったろう。

気づけば、それが僕の口癖になっていた。世間から〝死にたがり〟と呼ばれる所以だ。

長年の間、僕はどうしようもない自分の運命を嘆き続けていた。

——あの日、あの少女の存在を知るまでは。

『いざという時は、雛乃を助けてほしい』

あらかじめ、とある人物から請われていた。

だから花嫁として迎えたのだ。ほとんど効力のない古い盟約を持ち出してまで。

『龍ヶ峯の〝死にたがり〟さん。無駄死にを望むくらいなら、少しくらい役にたってくれてもいいよね？』

最初は不承不承だった。あんまりにも先方の物言いが自分勝手で、腹が立っていたのもある。だけど、僕は要請を引き受けた。けんか腰で「なんの利があるのか」と投げかけたら、予想外の言葉を引き出せたからだ。

『もちろん利はあるよ。雛乃は君に幸運を連れてきてくれる。ふたりはね……　〝どうしようもなく運命〟なんだよ』

夏の陽差しが燦々と降り注ぐ日だった。蟬の鳴く声が満ちた昼下がり。木洩れ日の中、不敵に言い放ったその人が浮かべた笑みが、いまも記憶に焼き付いている。

――運命。それは、どうしようもない柵に囚われた僕を救い出してくれる人。

いまとなっては、彼女を娶って本当によかったと思う。一緒に過ごす時間が増えるにつれて、彼女が僕の運命だという確信が増していったからだ。

黒いヴェールを被った少女を娶った時から、停滞していた僕の運命は緩やかに動き出した。回り出した歯車はもう止められないし、止めるつもりはなかった。彼女を幸せにする。彼女の幸せこそが――僕自身の幸福にも繋がる。そう確信していた。

雛乃。僕の――運命の相手。

いつの日か、君がなんの気兼ねもなく笑えるように。

なんでもするよ。だから、待っていて。

＊

とある日のことだ。龍ヶ峯家別宅にある、柔らかな陽差しが差し込む僕の執務室に、ノックの音が響いた。開いていたメールを閉じて対応する。

「どうぞ」

「失礼いたします」

姿を現したのは、つい最近まで、側近として遺憾なく能力を発揮してくれていた男、織守欣也だ。彼は室内に足を踏み入れると、ワーキングデスクから少し離れた場所で立ち止まった。僕が視線を投げかけると、息を呑んだのがわかる。端整な顔はこわばり、うっすらと汗を掻いているようだ。長年仕えてきた主人と再会したにしては、不自然な態度だった。天敵に出会ってしまった草食動物を思わせる。

当然だろうな、と内心で自嘲した。

——雛乃さんに粗相をして別邸を追い出されたんだ。コイツも次がないことくらい、わかっているのだろう。

とはいえ、僕の前でこんな表情を浮かべる部下は欣也に限ったことではなかった。そもそも、僕自身が他人に好意的に接することはほとんどない。たとえ側近だったとしても、けっして気を許さない。心を開かない。そうする必要性を感じない。僕が他人から冷徹で情がないと評される所以だった。

雛乃さんへの態度が例外なのだ。彼女は僕の〝運命〟だから特別に大切にしている。ただ、それだけのこと。

——他人なんてどうでもいいと思うようになったのは、いつ頃からだったろう。

ずいぶん昔だ。もう……その記憶も朧気(おぼろげ)だけれど。

望まぬ地位に強制的に縛られ続けた僕は、知らないうちに歪んでしまった。

「君は本邸に帰したはずだけど。よく顔を出せたね？」

あえて突き放した発言をすると、ビクリと欣也が身を震わせた。どこか思い詰めた様子で僕を見つめる瞳の中には、簡単に言い表せない妙な熱があった。

「私を別邸に戻していただけませんか」

「断る」

即答すると、欣也は目に見えて狼狽した。

「どうしてですか!?　これまで、真摯にお仕えしてきたつもりです！　あなたへの忠誠心なら、他の誰にも負けません。私はあなたの側にいるために生まれてきたんです。なのに、そのお役目を取り上げられたらッ……！」

欣也は、代々龍ヶ峯に仕えてきた一族の生まれだった。初代の頃より傍に侍ってきたのが誇りで、彼の両親も本邸で現当主に仕えているはずだ。別邸から追い出されたのがよほど堪えたらしい。欣也の目の下には濃い隈があったし、以前よりも痩せているように見えた。一族の間で肩身の狭い思いをしているのかもしれない。龍ヶ峯の異能を、神かそれ以上だと崇めている連中だ。欣也の状況は想像に難くなかった。

――憐れだ、とは思うけれども。

科せられた仕打ちは妥当なものだ。コ、レ、は許されざることをしたのだから。

「どんなに縋ったって無駄だよ。君は雛乃さんを傷つけた」

じっと見つめると、欣也の顔色がみるみる悪くなっていった。粘ついた汗を滲ませ、視線を泳がせている彼に追い打ちとばかりに言った。

「最初に僕の信頼を裏切ったのは君だ。不在の間、雛乃さんが不自由しないように心を砕けと指示していたのに、真逆のことをしたんだから」

彼女の意に反して食事を強要し暴言を投げかけた。自分を〝化け物〟と称した時の雛乃さんの姿は忘れられない。いまにも泣きそうで、諦めのこもった表情。自分の花嫁にと望んで迎えたというのに、すべてを台なしにしかねない彼の失態を赦す訳にはいかない。

「で、ですがッ！　あの女を娶ったとしてもあなたのためになならない！」

「それは君が判断することじゃないだろう」

「いいえ、いいえ！　側近として言わせていただきます。憎き神崎家の直系だというだけで赦されざる存在なのに、あ、あんな悪評まみれの女。あなたには、もっといい相手がいるはずです。厄介者を受け入れる必要なんて──」

「黙れ」

「女がご所望なら、代わりを用意いたします。死神なんか側に置かなくとも──」

「黙れと言っている!!」

勢いよくデスクを叩くと、欣也がビクリと体を竦めた。

「──僕は雛乃さんしかいらない。彼女じゃないと駄目なんだ!!」

紛れもない僕の本心だった。

「なんでだ。当主の座を降りたのに、どうして僕に役目を押しつける？」

長年の苦行から解き放たれた僕に、もう義務も責任もない。それは龍ヶ峯に関わる人間であれば、本心はどうであれ理解しているはずだった。

「いい加減にしてくれ。僕はもう龍ヶ峯の当主ではない。好きにしていいはずだ！」

だのに――

「それは、ご自身の価値を理解しての発言ですか」

織守欣也という男は、僕を諦めるつもりはないようだった。

「やっと『死にたい』と言わなくなったと思ったら。あんな碌でもない女に入れ込むなんて。龍ヶ峯家の人間であるという自覚を持ってください!!」

――ああ。コイツも他の人間と同じだ。

僕という人間を、その背負っているものをまるで理解していない。見ようともしていない。価値だって？　馬鹿らしい。そんなもの、お前らにとって都合がいいだけのこじつけじゃないか。僕自身にはなんの価値も見いだしていない癖に。

「…………。もういい。本当に黙れ。黙ってくれ」

胸の奥がジリジリと焼けつくようだった。指先から体温が冷えていく。

元々そう鮮やかでもなかった世界が、ますます色褪せたような気がしてならなかった。

冷たい言葉を投げかけられ、青ざめた側近の姿を見ても、僕の心はまるで動かない。むしろ冷え切っている。冷徹で非情な〝死にたがり〟らしい感情。

「……帰れ。お前なんかいらない」

目の前の男を憎々しいとさえ思った。余計な柵は不要だ。いつも、そうしていたように、僕は欣也を切り捨てると決める。

「二度と顔を見せるな」

欣也との間に、はっきりと線を引いた瞬間だった。

「ハハ。ハハハ……」

事実上の解雇宣言に欣也はたたらを踏んだ。引きつった笑みを浮かべている。だのに、その瞳は不気味なほどにギラギラと光っていた。

「私は絶対に認めませんから」

そう言い残して、欣也はフラフラと退室していく。

部屋に取り残された僕は、ほうっと息をついた。

「……厄介だな」

どこまでも〝普通〟じゃいられない自分を、呪わしく思う。偏見なしに生きたくとも、周りが放っておいてくれない。ただ人と違う能力を持ってしまっただけなのに、他人の理想を押しつけられる人生には、飽き飽きしていた。

「……雛乃さんに会いたい……」

彼女の温もりがひどく恋しい。

ふと時計に視線を遣ると、ちょうど十三時になろうとしていた。今日は彼女に来客があったはずだ。今ごろ、不安でソワソワしているんじゃないだろうか。来客対応に付き合ってほしいとも言っていた。不安がる妻を夫として見過ごせない。

――それに〝向こう〟も動き出したみたいだ。

ノートパソコンの表面をさらりと撫でる。さきほど届いたメールの内容を鑑みれば、僕も具体的に行動を起こすべき頃合いだろう。その点で言うと、今日の客人は打って付けだった。積極的に接触を試みるべきかもしれない。

雛乃さんを託された日。彼女が自分の運命かもしれないと理解した時から、僕は少しずつ準備を始めていた。結婚式当日ですら奔走していたくらいだ。後は外堀を少しずつ埋めていくだけ。すべては順調に整いつつある。

「行こう」

決断すると早かった。デスクの上をさっさと片付けて、執務室の外へ向かう。

雛乃さんに会えると思うと、自然と足取りは軽くなった。無意識に口もとが緩んでいる。浮かれ気味に妻のもとへ通う夫。〝死にたがり〟で龍ヶ峯家前当主たる僕には、ちっとも似つかわしくない姿だ。欣也や本家の連中が見たら眉を顰めるに違いない。

だけど、それが嘘偽りない〝いま〟の僕だ。

僕は心のままに妻がいるだろう部屋へ向けて足を進めた。

＊

雛乃さんを動物に喩えるなら子ウサギだ。

深紅色をした、宝石のようにも、甘いイチゴ飴のようにも見える瞳は、いつだって警戒心に満ちている。周囲を油断なく眺めて気を許そうとはしない。ビクビク、オドオドして常に逃げる機会を窺っている……。

──以前はこうじゃなかったのに。

彼女との出会いは十年以上前だ。祓い屋の名家の集まりに、母親と一緒に参加しているのを見かけたことがある。少なくとも異能を発現させる前、彼女が六歳になるまでは、もっと溌剌としていたはずだった。

『お母様！　あっちにご馳走があるよ。行ってくるね！』

『雛乃、会場を走らないの！』

『は～い』

第一印象は、年相応に無邪気で可愛い娘。でもいまはどうだろう。他人の顔色を窺うばかりで、あの頃のような笑顔を忘れてしまったらしい。

それもこれも父親のせいだ。あの男の愛人や、彼女の異母妹の罪でもある。

──以前から気にかけていれば、雛乃さんはこうならなかったのだろうか？

いくら後悔しても、すべて後の祭りだった。そもそも、彼女の父親が囲い込んでいたから、婚姻を結ぶまで会うことすら不可能に近かったのだ。ときおり、怪異討伐の場で姿を見かけることはあったが──。紅い瞳の少女の表情は黒いヴェールに覆われて窺い知れない。しかし、平均よりもずいぶん痩せているようにも見えて……。

──彼女が、本当に僕の〝運命〟なのだとしたら。

放っておいていいはずがない。できる限り早く助け出すべきだと思った。

だが、現代において未成年を保護者から引き離すのは実に困難だ。自分が敵方の人間だから尚更だった。彼女を喪う訳にはいかないのに、なんの手立てもない。雛乃さんの母親が亡くなったと聞いてからは、ずっとそんなジレンマに悩まされていた。

チャンスが訪れたのは、最近になってからだ。ほとんどの名家では、次期当主が十八歳になると代替わりを行う。雛乃さんの父親は愛人の娘に家を継がせたいようだった。神崎家も一枚岩ではない。あからさまに神崎凜々花を贔屓する発言を繰り返していたものの、いざ後継問題となると父親も慎重な姿勢を崩さなかった。雛乃さんが十八の誕生日を迎える頃になると、焦りを見せ始める。親戚筋から文句が出ないうちに、当主交代をしなくてもいい理由を探しているようであった。

だから、タイミングを見計らって婚姻の打診をしたのだ。結果は成功。向こうは渡りに船とばかりに、僕の申し出を受け入れた。ようやく雛乃さんが僕のもとに来る。あの人との約束が守れると、安堵したのを覚えている。

彼女と本格的に顔を合わせたのは結婚式が最初だ。ハレの日だというのに、ヴェールの奥で悲しげな表情をしていた。きっと未来を悲観していたのだろう。そんな彼女を勇気づけたくて、知らぬうちに笑顔を向けていたのを覚えている。

冷酷で誰にも心を開かないはずの、この僕がだ。

思えば、その頃にはすでに彼女に惹かれ始めていたのかもしれない――

彼女が僕の運命だと確信が持てたのは、結婚式を抜け出し、一ヶ月にも及ぶ怪異討伐から帰ってきた後。

欣也に罵られ、部屋にこもってしまった雛乃さんに会いに行った時だ。

『逃げないで』

僕から逃れようとした彼女の腕を、咄嗟に捕まえてしまった。

すると、偶然にも彼女の表情を隠していたヴェールが落ちてしまったのだ。

『……あ』

雛乃さんが声を漏らした瞬間、全身に倦怠感が広がる。〝吸命〟の異能のせいだとすぐにわかった。体の力が抜けて、じわりと汗が噴き出した。尋常じゃないことが起こっているのは明らかで、普通ならば彼女と距離を置くべき場面なのだろうと思う。

だけど、僕はまったく逆のことをした。

『大丈夫だから。落ち着いて』

腕の中に彼女を閉じ込めた瞬間、ひどく胸が高鳴っていたのを覚えている。

――ああ。なんて懐かしい感覚だろう。

あの時、泣きたいくらいに感動した僕は。

冗談みたいに簡単に恋に落ちたんだ。

＊

「お客さんを迎える準備はできてる？」

「雪嗣さん！」

執務室を出た僕は、さっそく彼女の私室を訪れた。

僕を見つけた雛乃さんは、ふわりと安堵を滲ませた。野ウサギみたいな警戒心が一気に霧散する。パタパタと近づいてきて、僕を見上げた。

「き、来てくれたんですね。よかった、ひとりじゃどうしようかと……」

深紅の瞳が不安げに揺れていた。いまや、彼女は僕にすっかり心を許している。少し前まで逃げられていたことを思えば、おおいなる進歩だ。

「緊張してるの？」

「と、とても。こういうの、慣れていないんです」

透き通るような白い肌が淡く色づく。恥ずかしげに瞳を揺らした彼女は、柔らかそうな唇をへにゃりと緩めた。人形のように整った顔にどことなく幼さが滲む。

「た、頼りにしています。一緒にいてくださいね……？」

潤んだ瞳で強請られて、僕は相好を崩した。

胸が締めつけられる。運命の相手の願いだ。叶えないはずがない。

「もちろん！」

笑顔で請け負えば、彼女はぱあっと表情を明るくした。

「嬉しい。ゆ、雪嗣さんは優しいですね……」

「そうかなあ。優しくするのは雛乃さんにだけなんだけどな」

「ふふ。嘘ばっかり……」

まぎれもない事実だったが、彼女は冗談だと受け取ったようだ。別に訂正する気もなかったので、そのままにする。雛乃さんにとっては、誰より優しい夫。それでいい。

「ちょっとごめんね」

「わっ！」

「なん、なに、なにを……」

「生命力の補充だよ。これからお客さんを迎えるんでしょう？」

「そ、そうでした……」

「少しこのままでいて」

柔らかな体を腕の中に閉じ込めて、そっと耳もとで囁けば、ジタバタと暴れていた彼女が大人しくなった。じっと僕の胸に顔を埋めている。ほっそりとした白い首筋が赤く染まっていた。なんて可愛い生き物だろう。甘い匂いが鼻孔をくすぐった。布越しに伝わる体温が燃えるように熱い。体から生命力が抜けて行く感覚はするけれども、彼女の力になるのだと思うとそれすらも心地よかった。

——ああ。

ふいに姿見に映った自分の姿を認めて、無意識に口もとが緩む。

そこには、ただの男の姿があった。〝死にたがり〟らしい冷徹さも、龍ヶ峯家の当主らしい威厳もない。愛しい妻を相手にデレデレと緩んだ顔を見せている自分。真っ赤になって照れている妻。ごくごく〝普通〟の新婚夫婦の戯れ……。

実に〝人間らしい〟じゃないか。それがなにより嬉しかった。

その日、雛乃さんをひとりの女性が訪ねてきた。

山中しほり。ウェブニュースサイトの記者だという。先日、新宿の事件の際に名刺を渡してきた人間だ。雛乃さんに取材がしたいという。

「実は私、雛乃さんに命を救われたことがあるんです」

彼女が取材を熱望した背景には、そんな事情があった。

父親が当主代行を務めるようになってから、雛乃さんは僻地ばかりで怪異退治をしていた。山中の実家はけっこうな田舎にあったそうで、現場に駆けつけたのが、たまたま雛乃さんだったらしい。怪異が多く出現する現代において、田舎のような僻地は惨劇が起きやすい場所だ。そんな中、命を助けてくれた雛乃さんは山中にとってのヒーローだった。

それなのに、世間から批判的に見られている〝死神姫〟の現状に、山中は不満を覚えていた。命の恩人に報いたい。〝死神姫〟の真実の姿を世間に伝えるのが使命！　そう公言して憚らない。記者としての義憤と情熱に駆られている正義の人。それが山中だ。

常々、雛乃さんの汚名を返上したいと思っていた僕からすれば、非常に都合がいい。

彼女に協力を要請すると、いくらかのやり取りの後、申し出を受けてくれた。

そうして実現したのが、今日の取材という訳だ。

『雛乃さんの、好きな食べものを教えてください！』

『あっ、あの。えっと。フ、フルーツタルトが……』

『わあ！　甘いお菓子が好きなんですね。それは幼い頃から？』

『はい。食べ過ぎてはいけないと、よく母に叱られていました』

雛乃さんへの取材を収めた動画は、SNS上で非常に話題を集めた。新宿での一件で、注目されていた〝死神姫〟へのインタビューだ。世間の関心の高さを示すように、動画の再生数は一気に増えていき、トレンドにもなった。

『妹の凜々花さんとも、ご一緒に食べられたんですか？』

『い、いいえ。あっ、あの子……とは、あまり』

『あら。そうなんですね。姉妹なのに』

『わ、私は離れで暮らしていましたし。あの子は母屋にいたので……』

なにより上手かったのは、さりげない質問の仕方だ。

いままで神崎家の事情はそこまで世間に知られておらず、雛乃さんの父親が一方的に語る内容だけが真実とされていた。そんな状況で、山中は神崎家の内情をインタビューの中で引き出していったのだ。彼女の妹は有名だ。話題に出るのは当然だろうから、雛乃さんもあまり気にせず答えていた。

『ああ！　大変失礼しました。神崎凜々花さんとは血が繋がっていないんでしたね！　お父様が再婚されたのはいつ？』

『え？　え、ええと、再婚の時期はわかりません。教えてもらっていないので。ただ、母が亡くなってから、そう経たないうちに紹介されたのを覚えています』

『ああ、そうなんですね。では次に――』

追及するでもなく、軽く触れるだけ。しかし、聞く者が聞けば違和感を覚える内容。当事者である〝死神姫〟が語る名家の生々しい〝実情〟は、他人のスキャンダルを好む人間の好奇心をおおいに煽ったようだった。

『〝死神姫〟の動画見た？　あれヤバくない？　奥さんが死んですぐに、新しい女と子どもを家に入れたってことだよねえ？　しかも、〝死神姫〟を離れに追いやって、新しい家族だけで母屋で暮らすとか……。一昔前の昼ドラかよ。エグい～』

『見た見た！　〝死神姫〟可哀想！　普通に考えておかしいよね。本妻との子を差し置いて、後妻の子を次期当主でございって持ち上げる父親って最低』

『しかも長年のライバルだった龍ヶ峯に〝死神姫〟を嫁がせてるんだよね。父親は入り婿なんでしょ。これって、お家乗っ取りって奴じゃん。大方、本妻も当主代行の夫に毒を盛られたのかもね～！　凜々花も連れ子じゃなくて、実の子なんじゃない？』

『ありそう～！　おおっぴらに本妻との子を貶すような奴だもんね』

〝死神姫〟の世間での印象がみるみるうちに変わっていく。妹を虐げる醜い姉から、父親と腹違いの妹から虐げられている不遇の女性に。

『神崎凜々花を見る目が変わったなぁ』

『アイツの過去の発言集みた？　すっごい高飛車なの。マジでないわ』

『私、これからは〝死神姫〟を推していこっかな～』

おそらく、彼女は世論に影響を及ぼすように動画を編集したのだと思う。実に有能だ。

だが——実際は、簡単に彼女の協力を取り付けられた訳ではなかった。

「あなたは本当に雛乃さんの味方なんですか？」

取材を申し出た彼女に、僕から協力の依頼をした時の話だ。こんな鋭い質問を返されてしまった。

「神崎家と龍ヶ峯家との対立は有名です。もし、あなたが家のために雛乃さんを利用しようとしているのなら協力できません。これ以上、彼女を傷つけたくありませんから」

当然だと思った。第三者の目からは、龍ヶ峯の人間である僕が、ライバルの神崎家を追い落とそうとしているようにも見えるだろうから。

「利用するつもりなんてないですよ。すべては彼女のためだ」

「ですが……」

山中は僕をひどく疑わしげに見つめた。

「仕事柄、祓い屋関連の話題には敏感なんです。有名な話も、表沙汰にできない話も知っています。龍ヶ峯家が神崎家と婚姻を結ぶ理由がわからないんですよ。神崎の方は、まだ理解できます。凛々花を当主にするためでしょう。ですが、龍ヶ峯はどうです？　なんの益もない。なのに、あなたの希望で雛乃さんとの婚姻が実現した。結婚式は、両家共にかなりギスギスしていたそうじゃないですか。分家筋から不満も出ているそうですね？」

「ずいぶん両家の事情に詳しいんですね」

「調べましたから。〝死にたがり〟が雛乃さんの夫だと知った後にね。あなたも私のことを調査していたみたいですから、お互い様でしょう？」

「ははは。気づかれていましたか」

なかなか抜け目のない性格のようだ。山中が雛乃さんに害を為す人間でないか、事前に専門業者に調査させていたのを悟られていたらしい。

面白く思っていると、山中は不機嫌そうに眉間に皺を寄せた。

「どうして〝死神姫〟なんですか？　なんの目的があって彼女を？　婚姻前に親しくしている様子もなかったのに、なぜあの人を選んだんですか」

「龍ヶ峯と神崎の間にはね、古い盟約が……」

「建前はいりません。過去に、ほとんど実現していない盟約を持ち出されても困ります」

「そうですか？　じゃあ、一目ぼれだとか、男女間でありがちな理由とかは」

「考えられませんね」

「どうして？」

「これは私の主観ですが。あなたが感情で動く人間だとは思えないんですよ。だって」

ごくり。山中は生唾を飲み込むと、どこか怯えの交じった目で僕を見つめた。

「こんな冷めた目をした人。他に知りません」

――ああ。雛乃さんを評価していることといい、本当に見る目のある人だな。

この人は、僕の瞳に一欠片も人間らしい熱がないことに気がついている。実際、雛乃さん以外に注ぐ僕の視線は、どこまでも冷めきったままだ。〝死にたがり〟である僕という人物像を、恐ろしく正確に捉えている。

――これじゃ、雛乃さんに惚れたと言っても、信じてもらえなさそうだな。

僕の心が彼女にある。それはまぎれもない事実だ。

だが、それだけではない。僕が彼女をほしがった理由はもうひとつあった。

「事情がありましてね……」

それは、簡単には変えられない、僕という個人が抱える切実な問題――

だからこそ、あの人は雛乃さんが僕の〝運命〟だと告げたのだ。

「事情とは？」

「話さなくちゃいけませんか？　まだ雛乃さんにも明かしていないんですよね」

「どうして内緒にしているんですか。やましいことでも？」

「そうではないんですが。僕が抱える事情を正直に明かしたら、たぶん……いや、確実に距離を置かれてしまうからです。だから言えないだけ、で」

その時、脳裏に浮かんだのは、ポロポロと涙をこぼす雛乃さんの姿だ。

彼女の涙なんて見たくなかった。胸が苦しくなって、動揺を隠せなくなる。だから、言えない。言えやしない。大切な、愛おしい人を泣かせると、傷つけるとわかっていながら自分の事情を知らせるなんて――恐ろしくてできる訳がなかった。

――すべてを知った時、彼女は僕の腕の中から逃げてしまうだろう。

雛乃さんは優しい。僕のためだと言って身を引くに違いない。

「そんなの、すごく、嫌だ」

だから、二の足を踏んでいる。いつかは真実を明かさないといけないのに――彼女を失うのがなにより恐ろしくてたまらない。雛乃さんは僕の〝運命〟だ。確信が深まるにつれて、ますます言い出せなくなっていた。

「…………。わあ」

山中が、ふいに間の抜けた声を上げた。

パカッと口を開いたまま、呆然と僕を見つめている。

「なんです？」

「あ、いえ。ええと――」

ジロリと睨みつければ、ワタワタと慌てた彼女は小さく肩を竦めた。

「さっきの発言、撤回させてください」

「え？」

「あなたが感情で動く人間じゃない、と言った部分です」

クスクス笑った彼女は、どこか呆れたように言った。

「龍ヶ峯雪嗣も、こんな顔をするんですねえ」

——いったい、僕がどんな表情をしていたというのか。

柄にもなく頰を熱くしていると、彼女はやれやれといった様子で笑った。

「うん。大丈夫そうなので、あなたに協力したいと思います」

「そう、ですか。ありがとうございます」

なんだか納得がいかない。唇を尖らせていると、山中は腕まくりをしながら続けた。

「やるからにはとことんやりましょう！　正直、言われなくてもやるつもりでしたけどね！　いまの神崎家は普通じゃないです。雛乃さんを追い出したことといい、きな臭すぎるんですよ。放っておいていいはずがありません」

しかし、すぐに山中は表情を曇らせた。

「でも、大丈夫ですか？　場合によっては神崎家の失墜を招くかもしれません。雛乃さんは、生家をとても大事に思っているんじゃ……」

それは、新宿の事件で彼女が見せた言動でも明らかだった。

死んだ母親のために、家を守りたいと雛乃さんはなによりも願っている。

「……そこは大丈夫です。僕がフォローしますから」

「彼女、傷つくと思いますよ」

「わかっています。ですが、雛乃さんを虐げてきた奴らを野放しにはできない。必要なプロセスだと思っています。……あの、実はこんな計画がありまして」

僕が前々から企んでいた内容を教えると、山中は驚いたようだった。

「……本当にやる気なんですね」

「ええ。証拠は揃いつつあります。すべては彼女のためですから」

ひとつ息を吐いた僕は、山中をまっすぐに見据えて言った。

「インタビューの公開は始まりに過ぎません。奴らには地獄を見てもらわないと。アイツらも、そろそろ彼女の価値に気づく頃でしょうし。いまが好機です」

ニコリと微笑むと、山中もやる気に満ちた顔でうなずいてくれた。

「わかりました。私も協力します。やってやりましょう！」

僕らは握手を交わす。ここに、同盟が結ばれた瞬間だった。


そうして事態は急激に変化していく。

山中のインタビュー動画の拡散により、様々なメディアが神崎家の実態に目をつけ始めた。多方向からのアプローチにより、神崎家という名家の歪みが明らかになっていく。

人々は与えられる情報を嬉々として享受し、メディアは玩具を手に入れた子どもみたいに、神崎という家の話題を連日取り上げた。
日本一の祓い屋であった名家も形なしだ。やがて追い詰められた神崎家の人々は――
賞賛の対象から誹謗中傷の対象に。
雛乃さんから奪って手に入れた立場を守るため、無謀で横暴な行動に出ることになる。
その先に、破滅が待っているとは知らぬままに。
――もう少し。もう少しで、君を傷つけるものを排除できる。
待っていて、雛乃さん。
僕が望むものは――君の幸福だけだ。

第六話　焔の美姫の狼狽、死神姫の動揺

神崎凜々花は苛立っていた。邸の中にある当主のための執務室。木目が美しいアンティーク調の一室は、謹厳実直、雛乃の母である前当主の性格を写し取った造りであったが、いまは見る影もない。

「いったいどういうことなのッ！」

ガシャン。飾り棚のガラスが割れた。中に入っていたトロフィーを凜々花が薙ぎ払う。権威の象徴とばかりに飾られていた金色がこぼれ、無残に転がった。

「凜々花、落ち着くんだ」

雛乃の父であり現神崎家当主代行である義郎（よしろう）は、暴力行為に及ぶ娘を宥めにかかった。

「事実無根の記事に関しては、弁護士を通じて異議申し立てをしているし、ＳＮＳに投稿された誹謗中傷は、プロバイダに個人情報の開示を求めている。公式に抗議すると声明も出しているし、我々への批判も少しずつ収まっていくはずだ」

「ですがお父様ッ！　日々、命懸けで国を護ってきた私たちに、日本中がどんな罵詈雑言を投げかけているかご存じですか！」

凜々花は次に本棚に取りついた。綺麗に整えられてあった本を床に落とし、足蹴にする。

だが、怒りは収まらない。仕舞いには、カッターで革張りのソファを切り刻み始めた娘に、

義郎は呆れを隠しながら告げた。

「だが、私たちが神崎家の乗っ取りを企んだのは事実だからな……」

ローテーブルの上には、いくつかの新聞や週刊誌が広げられていた。そのどれもが、悲劇のヒロインである〝死神姫〟の状況を嘆き、鬼畜にも劣る所業を企てた義郎たちを批判するセンセーショナルな内容だ。

「どうしてよ！　どうしてこんな急に話が広がったの。ああ、新宿の事件がなければ！　あれがきっかけで、お姉様が調子づき始めたのよ。あんな怪異、うちの人間だけで倒せたのに！　実際、応援部隊は到着目前だったし――」

「言い訳はよせ。ここ最近の、わが家の状況を理解しているだろう。たとえ、応援が到着していたとしても、あれほどの怪異を倒せたかどうか」

「でも……ッ!!」

「わが家の人間は明らかに弱体化している。いい加減、現実を見るんだ。凜々花」

かあっと凜々花の顔が赤くなる。半ばムキになって反論した。

「そんなことありません。絶対にありえないんだから！　うちは日本一の祓い屋の名家で、どこよりも強くて……」

「鏡の中の自分にも、同じことが言えるのか？」

「……ッ！」

凜々花がビクリと肩を跳ねさせると、義郎は深々と嘆息して続けた。

「いまのお前は、以前のように美しいか？　異能持ちは、自身の力が優れた容姿となって表れる。その姿そのものが、弱体化した証なんじゃないか」

「あ、ああああ、あああああ……」

かつて誰よりも美しかった凜々花。彼女はこのところ、表舞台から姿を消していた。世間から誹謗中傷の対象になっただけではない。対外的には病気療養とされていたが、すべては彼女の顔が醜く崩れ始めたせいだった。

髪には白髪が交じり、瞼は腫れ上がって、透き通るような白さを誇っていた肌は湿疹で覆い尽くされていた。あちこち包帯を巻いて、掻きむしった痕を隠している姿は悲惨だ。いまの凜々花を見ても、ドラマの主演を張るほどの美人だったとは誰も思わない。

彼女のような症状は、神崎家に連なる祓い屋たちの中にも出ていた。誰よりも大きな力を持ち、整った容姿で絶大なる人気を誇っていた人間ほど顕著だ。そういう人間は引きこもりがちになっていたから、神崎家の戦力不足に拍車をかけていた。

「どうして。どうしてこうなったの……」

雛乃が嫁ぐまでは、名実共に神崎家は祓い屋の頂点に立っていたはずだ。なのに、いまの状況はどうだろう。お家騒動の炎上だけではない。本業にも支障が出ていた。

戦力に余裕を持って派遣したはずなのに、討伐失敗の報告が次々と上がってくる。被害を受けた施設への補償金の支払いが、莫大な額に膨れ上がっていた。救えなかった被害者家族からの訴訟も何件か抱えている。幸いなことに、それらの情報はまだ世に出ていない。

だが、いずれハイエナのようなマスコミの玩具にされるのが目に見えている。

「新宿の怪異を倒して、業界の人間に神崎家は安泰だと示すはずだったのに」

一刻も早く名声を取り戻す必要があったから、その点、新宿の事件はおあつらえ向きだった。場所が場所だけに注目が集まっていたからだ。いま動ける人間の中で、えり抜きの祓い屋を派遣したのもそのためである。

「どうしてなのよ……！」

目論見は失敗した。精鋭であったはずの祓い屋たちは重傷を負い、しばらくは動けないだろう。雛乃の評価が上がったのも想定外。むしろ、最悪の事態と言える。

――このままじゃ、次期当主失格の烙印を押されてしまう。

義郎や凜々花の手腕に疑問の声が出始めていた。リアルタイムの現場を知らず、引退した大御所ほど声が大きい。雛乃の祖父の死亡により、衰えていた旧体制派の勢いが増していた。いまの状況が続けば、一族内で新たな諍いが起こるのは明らかだ。

「……ぜんぶお姉様のせいよ……！」

すべての異変は雛乃が嫁いだ時から始まった。きっと姉がなにか仕出かしたのだ。役立たずの化け物。凜々花に搾取されることだけでしか役立てない癖に！

「落ち着けと言っているだろう」

ギリギリと歯がみする凜々花に、義郎は呆れている。

「お父様こそ、どうして落ち着いていられるんです!?　このままでは破滅です！」

興奮気味に詰め寄る凛々花に、義郎は小さく肩を竦めた。

「この状況を打破する方法を知っているからだ。村岡が原因を調べてきてくれた」

「村岡が？」

「ああ。神崎一族発祥の地があるのを知っているか」

長年、家に仕えてきた忠臣の名を聞くと、凛々花はようやく落ち着きを取り戻した。

「確か……長崎の方だったかしら」

「そうだ。わが家が名家と言われている所以は知っているな？　大昔に渡来した吸血鬼と交わることで、特別な異能を手に入れ、祓い屋としての地位を確固たるものにした。長崎には当時の資料が残っている。〝吸命〟の詳細な情報もな」

「……！　そ、それで。なにがわかったというのですか！」

「〝吸命〟の異能は、誰かの生命力を吸収し、自分の力に変換するだけではない。もうひとつ――契約を交わした相手に力を分け与えることもできるんだ」

吸血鬼には、赤の他人を同族に変えて眷属とする能力があるという。眷属にされた相手の能力は、元となった吸血鬼に依存する。吸血鬼の力が強大であればあるほど、眷属たちも強い力を手に入れられるのだ。

「〝吸命〟という異能は、吸血鬼と眷属という関係を疑似的に再現している訳だ。祓い屋として働き始める前に契約書を書いたのを覚えているか？　あれには、庇護下にある人間を眷属とみなし、〝吸命〟で得た生命力を分け与える呪術的効果があったらしい」

「つ、つまり、お姉様が他家へ嫁いだから、契約の効果が切れてしまった？　それだけじゃないわ。神崎家の祓い屋たちの有能さすら、直系一族の恩恵だった……？」

恐る恐る訊ねた凜々花に、義郎は沈鬱な表情でうなずいた。

「だから、雛乃が家を出た途端に祓い屋たちの弱体化が始まったんだ」

「じゃあなんで、お姉様を他家に嫁がせたのですか！」

「知らなかったんだ！　〝吸命〟の詳細については当主だけが知るべき秘事だった！」

つまり、正式に当主になっていない雛乃も知らない事実である。

情報を脳内で反芻した凜々花は、あまりの衝撃に眩暈を感じていた。

自分は優秀な人間である。それは、凜々花にとって揺るぎない事実だった。だのに、実際はどうだろう。雛乃や雛乃の母親からのおこぼれに与っていただけ。

「……ッ！」

あまりにも屈辱的だった。絶対にあってはいけないことだ。凜々花は奪う側の人間。そして他人の上に立つべき人間であるはずなのに――

「……ああ」

瞬間、仄暗い考えが凜々花の脳裏に浮かんだ。それは、いままでの彼女の人生を肯定するだけの魅力を持つアイディアである。

「なんだ。じゃあ、お姉様を飼い殺しにすればいいんじゃないの」

外に出してしまったのが間違いなのであれば、元に戻せばいい話だ。凜々花にとって雛乃は搾取しても許される存在。ならば、すべてをあるべき姿に戻せばいい。

——そうすれば、ぜんぶ元通りになる。家の評価も私の美貌も、なにもかも！

「お父様、お姉様を奪い返しましょう？」

凛々花の赤く腫れぼったい目もとが、ぐんにゃりと醜く歪んだ。あまりにも醜悪な笑顔に義郎は吐き気を覚えている。

「………。相手は龍ヶ峯だぞ。大丈夫なのか。雛乃はマスコミやらメディアを味方につけ始めている。へたを打ってでもみろ、逆に足を掬われるぞ」

「問題ありません。実は、お姉様の件で龍ヶ峯家に探りを入れていたんですよ。その時、とても親切な方と巡り会いまして。いろいろと興味深い情報を教えてもらったんです！お姉様ったら婚家でも迷惑をかけてるみたいなんですよ。ああ、本当に可哀想なお姉様！自分が化け物だって、すっかり忘れちゃったみたい」

楽しげに笑った凛々花は、クリスタルの一輪挿しを手に持った。かつては当主であるさつきが丹精込めて育てた薔薇を飾っていたというそれは、いまは空っぽだ。一輪挿しを憎々しげに睨みつけた凛々花は、誰に聞かせるでもなくつぶやいた。

「思い出させてあげなくちゃ。自分は化け物だって。誰にも受け入れてもらえないんだって。私に搾取されてこそのお姉様なのよ」

思い切り一輪挿しを床に叩き付ける。大きな音を立ててクリスタルが砕け散った。割れてしまった透明な欠片たちには、醜い凛々花の顔がいくつもいくつも映っている。

「大丈夫、誰よりも優しいお姉様だもの。きっと家を見捨てたりしないわ……」

愉悦を滲ませた凜々花のあまりのおぞましさに、義郎は小さく震えたのだった。

＊

私室の窓辺に座っていると、開け放たれた窓から緑と乾いた土の匂いを含んだ風が舞い込んできた。夏の空気は熱いくらいだったが、不思議と不快感はない。

「雛乃さん」

それは、隣に雪嗣さんがいるからかもしれなかった。

紺碧の瞳が柔らかく細まる。陽光が初雪のような髪色を際立たせていた。窓に近い木々の枝を風が揺らして、染みひとつない彼の頬に影を落としている。綿麻の白い浴衣は、男性向けの浴衣としては珍しい柄ものだ。落花流水が目に涼やかだった。

「爪を整えてほしいなんて、わがままを言ってごめんね」

雪嗣さんは上機嫌なようだった。興味深そうに私の手もとを見つめている。

「い、いえ。構わないですよ」

夫の頼みとあらば、爪切りぐらいは問題ない。とはいえ……。

――距離が近すぎて、ちょっと恥ずかしい、かも。

しょり、しょり、しょり。やすりで丁寧に彼の爪を削っていく。

　無心で作業していると、じょじょに形が整ってきた。達成感。嬉しく思いながら視線を上げると、間近に迫った雪嗣さんの顔が視界に入った。

「……？　どうかした？」

「え、いや。えっと」

　ぱちりと目が合って、思わず視線を揺らす。

　あなたの顔に見入ってました、なんて。絶対に言えない。

「少し、前髪が伸びてきたな……と」

　誤魔化しついでに気になったことを告げる。よほど几帳面なのか、雪嗣さんはいつも髪型を完璧に保っていた。だからこそ、目にかかった前髪が珍しい。

「前髪？」

　キョトン。目を瞬いた雪嗣さんは、ぱあっと顔を輝かせた。

「本当だ。伸びてるね！」

　なにがおかしいのか、切らなくちゃとクスクス笑う。怜悧な印象を与える顔がほころぶと、実に破壊力満点だった。みとれていると、雪嗣さんは私に手を伸ばした。さらり、頬を優しく撫でて目を細める。

「ね、前髪も切ってくれない？」

「ひえ」

　思わず変な声がもれた。

「へ、変な髪型になったら責任が取れないので、お断りしますっ……！」

「アハハハハ……！　それもいい思い出になりそうで、とっても魅力的だなあ」

「駄目ですってば！」

　仰け反りながら否定すると、彼は顔をクシャクシャにして心底楽しげに肩を揺らした。

歯を見せて笑うところ、初めて見たかもしれない……。

「あ、あの。そういえば、なんですけど」

　これ以上、食い下がられてはたまらないと、必死に話題を逸らす。

「そろそろ、ＷＥＢの閲覧を解禁してもいいですか……？　それか外出でも」

　実は、この数週間、雪嗣さんのお願いでネットやテレビの視聴を自粛していたのだ。

元々、それほど興味がなかったのもあって、さほど不便は感じていなかったが……。

「少しお買い物がしたくて……」

「ほしいものがあるなら、僕が用意しようか」

「じ、自分で買います。そこまでご迷惑をおかけする訳には」

「君は僕の奥さんなのに。うーん。できれば、まだ控えていてくれると嬉しいな」

「あの。理由を聞いても……？」

「そうだな。煩わしいものから君を護りたいから、かなあ」

　穏やかな笑みを湛えていた雪嗣さんは、ふいに真面目な顔になって言った。

「もう少しだけ我慢してほしいんだ。悪いようにしないから。それだけは約束する」

「……そう、ですか。わかりました」

そういえば、彼はかなり過保護な人だった。私にひどい態度を取った側近を別邸から追い出した件は記憶に新しい。いまも、私のためになにかをしているのかもしれない。

――だけど、なにも相談してくれないのは、寂しいな。

信頼されていないのかも、なんて考え始めると止まらなくなりそうだ。

少し複雑に思いながら、こくりとうなずいた。

「もう少し……我慢、しますね」

「不便をかけてごめんね」

困り顔になった彼は、ぽすりと私の肩に顔を埋めた。突然の温もりに、ピクリと体が跳ねる。反射的に仰け反りそうになったけれど、彼の腕が腰を搦め捕っていて動けない。

「ど、どどどっ、どうしたんですかっ!?」

「あの、さ。ぜんぶ、ぜんぶ終わったらさ……僕の話を聞いてほしくて」

「……話、ですか？」

「うん」

珍しく歯切れが悪い。なにやら逡巡しているようで、言葉が続かないようだ。

触れられている事実にドキドキしながら、彼が話し出すのをじっと待った。

ふたりの間に沈黙が落ちる。蝉の声がかすかに聞こえた。部屋に流れる空気はとても穏やかで、私の心も同じだった。悪いことを言われるのではないか。そんな発想は欠片も出てこない。それはきっと——彼と共に過ごしてきた時間があったからだ。

「雪嗣さん」

そっと彼の頭に手を伸ばす。

絹糸のように滑らかな髪に触れながら、私は囁くように告げた。

「待ってますね」

——心の内を話してくれるのを。なにかを打ち明ける勇気が湧いてくるのを。

相変わらずの言葉足らず。だけど、私の真意は確かに彼に伝わっている。ふるりと小さく体を震わせた彼は、ゆるく息を吐きながらこぼした。

「……僕、君と結婚して本当によかったよ」

唐突な告白に、一気に全身が熱くなった。

「わた、わた、私もっ……！」

私だって気持ちを伝えたいのに、みっともなく口ごもってしまった。なんで上手く言えないの。動揺していると彼が笑い出した。「可愛いなあ」すぐ近くから聞こえた声が甘ったるい。カチコチに固まっていると、ふいに彼が言った。

「僕たち、ほんと新婚さんって感じじゃない？　〝普通〟の夫婦みたいだよね」

特に意味のない触れ合い。他愛のない戯れ……。

「なにも特別じゃないっていいよね。それがいちばんだと思える」

私を見つめている紺碧の瞳はひどく穏やかだ。

「はい。それ以上に嬉しいことは、ない、ですね」

〝普通〟。それは私が心から欲していたものだった。特別である必要はない。そこらじゅうにありふれた形でいい。お互いに心地よくいられるのであれば――

――またひとつ、私の願いが叶ったな。

胸がジンジンと熱い。彼の言葉はいつだって私の胸を打つ。世界がまぶしさを増していく。色づいていく。私を――肯定してくれる。

「し、幸せって、思っていいですよね……？」

おずおずと訊ねながらも、なんとなく返ってくる答えは予想できている。

「もちろん。僕も幸せだよ」

きゅうきゅう胸が鳴ってうるさい。そっと彼に体を預ければ、いい匂いがする。彼の温もりに包まれると、ひどく落ち着く自分がいた。

「ねえ。しばらくこうしていてもいい……？　雛乃さんに触れていたい」

「は、はい……。私も、そうしたい、です」

誰かに殴られるんじゃないか、拒否されるんじゃないかと怯える私はそこにいない。

昏く鬱々としていた私の人生が、確実に変わっていく。

雪嗣さんが変えてくれた。影の中で生きていた私を、光で満ちた世界に連れ出してくれたのだ。もう彼の側を離れない。そう、心の中で誓った。

——はずなのに。

私はどうしてここにいるのだろう。

薄暗い地下室に沈黙が落ちている。木柵で区切られた中には最低限の寝具だけしかない。見慣れた場所だった。幼い頃よく閉じ込められていたからだ。

——ここは神崎家の地下牢だ。

明かり取りの窓には、絶え間なく雨粒が叩き付けられている。

冷たい床の上に座り込んで呆然としていると、上機嫌な様子で彼女は言った。

「戻ってきてくれて嬉しいわ。お姉様！」

異母妹が私を見下ろしている。

「お帰りなさい！　よかったわね——」

子どもの頃から変わらない、無邪気な笑み。凛々花は、愉悦を含んだ調子で言った。

「最愛の夫を殺さずに済んで」

第七話　死神姫の決心、〝死にたがり〟の覚悟

雨垂れの音が地下牢に響き渡っていた。明かり取りから薄い光が差し込んでいる。朝なのだろうか。昼なのだろうか。閉ざされた地下室には時計すらない。ボロボロの寝具に横たわったままの私に、わかるはずがなかった。

「……うっ……」

つきりと手首が痛んで、眉を顰める。真新しい包帯に血が滲んでいた。

凜々花につけられた傷だ。新しい契約をするためだとかで、斬りつけられたのだ。

嫌がる私から、凜々花は血を奪っていった。

『これで神崎家の栄光が取り戻せるわ』

顔を包帯で隠したままで笑う姿は、どこか異様な雰囲気だったのを覚えている。

〝吸命〟の詳細については、父と凜々花にすでに聞かされていた。ここのところの神崎家の戦力低下は、すべて私が去ったのが原因らしい。父には「疫病神め」と罵られたが――

「私を龍ヶ峯に嫁がせたのは、あの人なのに」

責任は私にあると言いたげだった。おかしな話だ。

とはいえ、〝吸命〟が隠し持っていた事実は、ある意味で納得できるものだった。

母が亡き後、父は当主代行として神崎家をますます繁栄させた。なんのノウハウも持た

ない父が、だ。優秀な部下がいたとはいえ、違和感が拭えなかったのは事実である。しかしそれも、私が異能に目覚めたからだとすれば違ってくるだろう。

私が持つあまり類を見ない強烈な〝吸命〟が、神崎家全体の実力を引き上げていたのだとしたら。知らず知らずのうちに父を手助けしていた可能性はある。

——ああ、やっぱり私のせいだ。私の異能がこんなに強くなかったら。

父が抱いた家の乗っ取りなんて野望は、実現しなかったかもしれないのに。

「馬鹿みたいだ。本当に……」

そっと息を漏らす。つい先日まで幸せのただ中にいたはずだった。なのに、どうしてこんな場所にいるのだろう。

「……昔から、地下の座敷牢は私専用だった」

もしかすると、先日までの出来事は、すべて夢だったのかもしれない。

閉じ込められた私が見た、都合のいい妄想だったのだ。

「うう……うううううっ!!」

唇が震えて、あっという間に視界が滲んだ。膝を抱えて丸くなる。

泣くな。泣くんじゃない。辛くなるだけだ。惨めになるだけだから。

——せめて夢の中だけでは、彼の温もりに触れていたい。

雨音を聞きながら目を瞑る。冷たい寝具の上で横たわる体はどこまでも冷え切っていて、暗く冷たい海の底に沈んでしまったようだった。

すべてはあの日、織守欣也が現れたことが転機となった。

どんよりとした曇天が広がり、絶え間なく雨音が響いていたのを覚えている。いつものように私室でのんびりしていたところ、そこへ織守が訪ねてきたのだ。

その日、雪嗣さんは不在だった。任を解かれたとはいえ相手は夫の元側近である。追い返していいものかわからずに対応したのだけれど。

「お願いします。雪嗣様と別れてください」

いきなり、彼が私に土下座をしたのだ。

プライドが高そうな織守に頭を下げられ、当然のごとく混乱した。

「な、なに、なん、なんなんですか……!?」

「驚かれるのはわかります。ですが、私も切羽詰まっていまして」

「どうか、あ、頭を上げてください。なにか事情があるんですよね……？」

落ち着きなく視線をさまよわせながら、声をかける。ゆるゆると顔を上げた彼の顔は青ざめていて、以前よりも痩せているように見えた。銀縁眼鏡の向こうの瞳に生気がない。高圧的な態度は鳴りを潜めていて、まるで別人のようだった。

「別れる……とは、どういうことでしょうか」

ヴェール越しに彼をじっと見据える。

——なにが目的なのだろう。真意を見極めなくちゃ。

ドキドキしながら次の言葉を待つ。

「ああ、話を聞いてくださるんですね。ありがとうございます！」

パッと表情を輝かせた彼は、どこか切実な様子で言った。

「そのままの意味です。離婚してください。あなただって夫を殺したくないでしょう？」

「え……？」

——夫を殺す？　誰が。私が……？

反応を返せずにいる私に、彼は意味ありげに目を細めた。

「お可哀想に。あなたは——あの方が我慢していらっしゃるのをご存じない？」

稲光が室内を照らした。そう間を置かずに轟音が辺りに響き渡る。ガタガタと風で窓枠が揺れる中、こくりと喉を鳴らした私は、そろそろと口を開いた。

「が、我慢、です、か？」

動揺を隠し切れない私に、彼は実に楽しそうに話を続けた。

「雪嗣様は、自身の異能を奥様にどう説明されたのですか」

「ふ、〝不老不死〟だ、と……」

「そうなんですか。間違ってはいませんが、正しくもありませんね」

眼鏡の奥の瞳を細めた織守は、達観したような顔で語った。

「あの御方の異能の正式名称は〝停滞(ていたい)〟です」

「……それは、どういう……？」

「そのお姿や能力が永遠に保たれるという、素晴らしい異能ですよ！　〝停滞〟がある限り、あの御方は衰えません。外部からの干渉も受けず、龍人と同等の力を使役できる。ほとんど無敵なんですよ。龍ヶ峯家の異能は竜宮伝説がルーツだと聞いたことがありませんか？　浦島太郎も玉手箱を開けるまで若い姿のままだったでしょう」

「だ、だからなんだって言うんです。私が側にいても問題ないでしょう？　どれだけ生命力を吸収したって、彼は死なないんですから！」

私にしては流暢な反論だった。余裕がなかったのだ。どうしても認めたくなかった。私の存在が彼の害にならない。その安心感に、どうしようもなく心を救われたのだから。

だけど、現実は残酷だ。

「いいえ。あなたはあの御方を殺せる。あなたにしか殺せないんですよ」

再び稲光が走った。轟音が鳴り響いて窓がビリビリと震えた。つうっと頬を汗が伝う。

周囲に満ちた雨音が思考の邪魔をする。眉根を寄せた私に、織守は続けた。

「過去に、神崎、龍ヶ峯の両家が結んだ盟約。そこに理由があります」

〝龍ヶ峯の代替わりの際に、引退した当主に神崎家の直系を娶らせる〟。

雪嗣さんが私と結ばれるための口実にした盟約だ。

過去にほとんど実現しなかったともいう。

「〝吸命〟はね、〝停滞〟の異能に干渉するんです。神崎の直系に生命力を吸収されると、たとえ〝停滞〟の異能があったとしても、体内の時計が進んでしまうんですよ」

そうですね――と、織守はわざとらしく声を上げた。

「雪嗣様の髪や爪が伸びていませんでしたか」

息を呑んだ私に、確信を得たらしい織守は目を細めて言った。

「〝停滞〟の異能が正しく作用していれば、絶対にありえないんです。体内の時間が停まっていたら、代謝は行われないはずなんですから」

――『爪を整えてほしいなんて、わがままを言ってごめんね』

――『本当だ、伸びてるね！』

あの時、笑顔でそう言った彼は、どんな気持ちだったのだろう。

「どうして……」

「どうしてって。自殺を図りたかったからに決まってるでしょう。〝死にたがり〟ですからね。あの御方の悪いところだ」

「……ッ！」

織守の言葉に眩暈がした。手足が冷たくなっていく。暖かい場所にいたはずなのに、泥沼に腰まで浸かった気分だ。

――そういえば、雪嗣さんが私を選んだ理由をはっきりと聞いていなかったな。

婚姻前にほとんど顔を合わせたこともなかった。なのに彼は私を妻に望んだ。最初からとても親しげだったように思う。それが――私の〝吸命〟が目的だったのなら？

私のような化け物に、あれだけ彼がよくしてくれた理由がわかった気がした。

「……どうしてそんなこと」

苦しげに瞼を伏せる。織守が私に投げかける声はどこまでも冷え切っていた。

「尊い方のお考えは、私たちのような下々には理解できませんよ。きっとやむを得ない事情があったんでしょう。しかし、我々は彼を喪う訳にはいかないんです。できるだけ長く〝停滞〟という素晴らしい異能を、おおぜいのために役立てて頂きたいですから」

ポンと織守が私の肩に触れた。

いやに冷たい手だ。慣れない体温とその重さにビクリと体を竦めた。

「雪嗣様の情に縋るのはもうよしましょう。誰があなたと一緒にいたいと思うんですか。母親を殺した化け物の癖に」

——瞬間、脳裏に枯れ果てた小さな薔薇園の光景が思い浮かんだ。

「母親がいまも壮健であれば、神崎家もあんな奴らに乗っ取られなかったでしょうね」

色褪せた花々。呆然と立ち尽くす私。慌てる人々。倒れている母。

「愛する夫も同じようにしたいんですか？」

——いつの間にか、記憶の中の母が雪嗣さんにすり替わっている。

「いや、やだ……もうやめてえええっ！」

頭を抱えてしまった私に、織守は更に続けた。

「あなたは本来の居場所に戻るべきだ」

目の前に差し出されたのは離婚届。

黒のボールペンを私の手に握らせた織守は、どこか歪んだ笑みを浮かべた。

「よかったですね。これで大切な人を守れる」

織守の声は毒のようだった。じわじわと体の中に入って、すべてを蝕んでいく。すでに意識が朦朧（もうろう）としていた。大切な物が手の中からこぼれていく感覚がする。

――『僕ね、雛乃さんに触れてほしい』

あの日、雪嗣さんから貰った言葉は忘れられない。

震えるほど嬉しかった。母が亡くなってから、誰もが私との接触を避けたから。

他人の温もりなんて忘れてしまっていた。だからこそ、彼の言葉に救われたし、側にいたいと思ったのだ。なのに、どうしてこんなこと。

――私は〝吸命〟でもう誰も傷つけたくない。

相手が、大好きな、そして大切な人なら尚更だった。

――雪嗣さんは、私の運命じゃなかったの……？

離婚届にポタポタと涙の染みができる。

私という存在が、彼の害にしかならない事実が、ただただ悲しい。

「……どうして、過去に盟約なんて」

思わず疑問がこぼれた。織守の説明が本当ならば、天敵とも言える関係のはずだ。

そんな盟約がなければ、私なんかが彼に嫁ぐことはなかった。

「〝停滞〟の異能よりも死を選んだ馬鹿者が過去にいたのでしょう。ご自身の価値を理解できないなんて、愚かなことですね。〝停滞〟に選ばれた人間は神にも等しい存在なんです。失われてはいけないんですよ。だって、そうでしょう!?　悠久の時を生きる、美しくも神々しい御方！　……ああ。私のすべてを捧げるのにふさわしい」

妙な熱を持った瞳を向けられて、全身が粟立った。陶酔している姿に吐き気を覚える。

彼は雪嗣さんではなく、龍ヶ峯家の異能を信仰しているようにしか思えなかった。雪嗣さん本人を見ていない癖に、自分の理想を押しつけている……。

すべては、生まれ持った特別な異能のせいだ。

――雪嗣さんも私も似た境遇なのかもしれない。

異能による偏見と役割の押しつけ。まるで自由はなく、凡人のように生きられない苦悩。だからこそ、彼も〝普通〟であることを好んでいた。そういう背景があったからこそ〝特別ないま〟よりも〝ありふれた〟日々や関係を望んでいたのだ。

――そうだ。彼は〝死にたがり〟と呼ばれるくらい、追い詰められていた。

きっと織守のような人間たちのせいだ。彼は――救いを求めているんじゃないか。

『……僕、君と結婚して本当によかったよ』

瞬間、彼の優しい声が脳裏に蘇った。

「……っ、ぐ」

再びこみ上げてきた涙を堪える。

――ここで判断を間違ったら、いけない気がする……。

いつもなら泣き寝入りする場面だろう。自分の不幸を嘆いて、耳を塞いで殻に閉じこもる。私が本当に雪嗣さんの害になるのなら、そうするべきなのかもしれない……だけど。

優しさを知った。気遣われるくすぐったさを知った。普通の食事をして、他愛のない話題に笑顔になって、ここのところは人間らしい生き方ができていた。

ヴェールなしの世界を知った私の視野は、以前より格段と広くなっている。

そんな風に変えてくれたのは、他ならないあの人だ。

「さあ早くサインを」

督促の言葉を無視して、私はそっとボールペンを置いた。

「雪嗣さんが不在のまま、決める訳にはいきません」

そうだ。これはふたりのことだから。

彼の真意を聞くまでは、勝手な判断はできない。してはいけない。

「私たちは、ふ、夫婦ですから」

グッと奥歯を噛みしめて、私は懸命に自分の意思を示した。

「このっ……！」

織守の表情が歪む。

憤怒の感情を浮かべた彼は、握りしめた拳を私に向けて振り下ろした。

殴られて意識を失っていたらしい。目覚めた時には神崎家の地下牢に戻っていた。

全身が痛む。悲鳴を上げる体を無理やり起こすと、そこには凜々花の姿があった。

「戻ってきてくれて嬉しいわ。お姉様！」

織守と異母妹は繫がっていたようだ。あっけなく実家に戻された私は、それから幽閉生活を送ることになった。ヴェールに囲われた視界は前以上に狭く、苦しいものに思えた。色褪せた世界に取り残され、冷たい温度に囚われる。

温かさからはほど遠い生活。慣れ親しんだ――残酷な世界だ。

そうして再び、私の世界は昏い闇の中に閉ざされてしまったのだった。

＊

「雛乃さんがいなくなった？」

スマートフォン越しに使用人から突きつけられた現実に、僕は頭が真っ白になった。

「どういうことだ。今日は特に外出の予定もなかったはずだ。そもそも、僕がいないのに彼女が家を出るはずがない。なんだって？　記入済みの離婚届？　なんでそんなものがあるんだ。おい、ちゃんと説明しろ!!」

使用人を思わず怒鳴りつける。しかし、あまりにも要領を得ない回答しか返ってこずに苛立ちが募るばかりだ。

「わかった。わかったから。ともかく、離婚届の写真を送れ」

ため息と共に通話を切る。頭を抱えてしゃがみ込んでしまった。

「……どうしてこんな……」

「龍ヶ峯さん、大丈夫ですか？」

声をかけてくれたのは、記者の山中だった。

窓を大粒の雨が叩いている。ニュースサイトの本社があるビルの会議室はこぢんまりとしていて、どことなく無機質で味気ない雰囲気が漂っていた。

「これが大丈夫に見えますか」

意気消沈して答えると、山中は小さく肩を竦めた。

「見えませんね。表情がないところがクールなの！　って、大騒ぎしてるあなたのファンに見せてあげたいくらい」

「……からかうのはよしてくれませんか。余裕がないので」

「あら、ごめんなさい」

睨みつけてみたものの、彼女はまるで意に介した様子を見せない。

「くそっ。できる限り、別邸を空けないようにしていたのに」

今日は、どうしても出かける必要があった。前々から立てていた計画を実行に移すため、とある人物に会う必要があったのだ。まさかその隙を突かれるなんて——

「タイミングが良すぎるとは思いませんか」

「ええ。別邸に外部と通じている人間がいるんでしょうね」

「……ッ！　誰だ。誰がこんなこと……」

別邸の使用人は、僕自身が厳選した人間で固めてあったはずだ。忠誠心が高く、雛乃さんに害意を持たない人間ばかり。それなのに、彼女を連れ出すなんて――

「あ……」

脳裏にひとりの男性の姿が思い浮かぶ。

「欣也なら、もしかして……」

アイツは代々龍ヶ峯家に仕えてきた家柄だ。他の使用人にも信用されている。僕のためだと言えば情報を引き出せるだろうし、疑われずに雛乃さんを連れ出せるだろう。

「くそっ！　絶対に赦さないからな！」

「待って。落ち着いてください。どこへ行くつもりなんです！」

慌てて部屋を出ようとした僕を山中が止めた。

「雛乃さんの行き先は、神崎家以外にありえません。焦って動いても、どうにもなりませんよ。警察沙汰になったら向こうの思うつぼです。どうか冷静に――」

「冷静でなんかいられるかッ!!」

思わず怒鳴りつけると、さすがの山中もビクリと身を硬直させた。ハッとして正気に立ち戻る。彼女に八つ当たりをしてどうなるっていうんだ。

「……すみません。でも、卑劣な奴らのことです。雛乃さんを大切にするとは思えない。生きていればいいとさえ思っていそうだ」

その時、スマートフォンに通知が届いた。

メッセージに画像が添付されている。それは確かに記入済みの離婚届だった。ポツリポツリと涙の跡が残る紙面に、雛乃さんの個人情報が記載されている。彼女の筆跡かどうかは判断がつかなかった。偽装の可能性も十二分にある。しかし、この涙の跡は——？

「きっと、僕の事情を知られたんだ」

教えたのは欣也だろう。アイツは雛乃さんとの婚姻に反対していた。妄信的に僕を慕っている欣也は、彼女を引き離すためならなんでもやるだろう。

「くそっ……」

どうしよう。どうすればいい。嫌われてしまったかもしれない。

切実な事情を知らせないまま側に居続けたのだ。騙されたと思われても仕方がない。

色が。世界を構成していた色が途端に褪せ始めた。なにもない無味無臭の世界に、ひとりぽつねんと取り残されたような。救いのない場所に置き去りにされた気分になる。

——死にたい。

ふと脳裏に蘇ったのは、ひどく懐かしい絶望感。

雛乃さんと結婚してからは、ついぞ忘れていた感覚だった。

「——本当に君は、あの子を大切に思ってくれているみたいだね」

すると、飄々とした声がした。血の気の引いた顔でゆるゆると振り返る。

そこにいたのは——どこか太陽みたいな雰囲気を持つ人だ。

「先を越されちゃったんなら仕方がないよ。こっちも仕掛けてやるまでだ」

状況は最悪だというのに、その人はやる気に充ち満ちている。

「…………。ですが」

対して、僕の表情は冴えない。雛乃さんに事情を知られてしまった事実が、心に重くのし掛かっている。彼女に嫌われたくない。その一心で隠してきたというのに。もっと早く打ち明けていれば、状況は変わっていた？　判断が間違っていたのだろうか。

――くそ。どうすればよかったんだ。

彼女を愛していた。大切にしすぎて二の足を踏んだ。決定的なミスを犯した。

雛乃さんと一緒に人生を歩みたかっただけなんだ。彼女だけが――僕の救いだった。

運命なんて気障な言葉を口にしてしまうくらいに。

「なんだ。一度拒否された程度で簡単に挫けちゃうんだ？」

ハッとして顔を上げると、悪戯っぽい視線とかち合う。その人は山中や僕に視線を向けると「むしろいまが好機じゃないかな」と意味ありげに目を細めた。

「まあ、諦めたってんなら君には頼らないよ。こっちはこっちで勝手に――」

「諦めない!!　諦める訳がない！」

大声で反論すると、その人は目尻に皺を寄せて笑った。

その顔があまりにも〝してやったり〟と言わんばかりで、思わず奥歯を噛みしめる。

――ああ、そうだ。僕が彼女を諦められるはずがない。

雛乃さんのいない人生なんて考えられなかった。彼女と一緒にいられた期間は、そう長くはなかったけれど。それでも彼女なしの人生に、もう戻れる気がしないのだから。

「僕が雛乃さんを救い出してみせます」

決意を込めて宣言すると、その人は僕の背中をバンバンと叩いた。

「その心意気だね！　じゃあ、奴らをどうぶちのめすか、相談しよう」

こくりとうなずくと、僕たちは盛んに意見を交換し始めた。

絶対に雛乃さんを助け出してみせる。そんな決意を胸に。

＊

地下牢に閉じ込められてからの日々は、想像していたより悲惨ではなかった。

ときおり憂さ晴らしに凜々花に甚振られるものの、私の価値を理解しているのか、それほどひどく扱われる訳でもない。看護師を手配してくれるし、食事や着替えも用意されている。命の危機を感じることもなく過ごせていた。

――ちょっと価値観がおかしくなってる気もするけど。

他人からすればじゅうぶん悲惨だろうが構わなかった。なにより、私には考える時間が必要だった。すべて失ってしまったと悲嘆に暮れていた頃よりかは、ずっとマシだ。

「雪嗣さんは、本当に私を使って自殺をしようとしていたのかな」

〝停滞〟と〝吸命〟――

ふたつの異能についてグルグルと考えを巡らせる。

彼がどうして私を妻に求めたのか。そこに負の感情は、悪意はあったのか。

私の異能を利用したいだけだったのか。

その答えは――いや、真実を知るための鍵は。

「過去に両家の間で結ばれた盟約……」

そこにある気がしていた。

織守は愚かな人間が仕出かした過ちだと一刀両断していたが、それだけだとは思えない。

神崎家と龍ヶ峯家の確執は根深い。だのに、過去に結ばれた人間がいる。

両家を繋ぐように定められた盟約の存在には、きっとなにか理由があるはずだ。

そこに、夫が抱える事情が関係しているように思えてならない。彼は必要に駆られて私を妻に選んだのだ。死にたいだけなら、私に無理やり能力を使わせればいいだけだろう。

あの血が繋がっているだけの父のように。

「雪嗣さん……」

彼の真意を知りたかった。どうして〝不老不死〟だなんて嘘を吐いていたのだろう。どうして事情を話してくれなかったのだろう。いくら考えてみても答えは出ない。座敷牢という薄暗い閉じられた世界が気分を鬱々とさせた。気を抜くと、すぐに思考が悪い方向に行きかける。不安だった。何度も泣きそうになった。

——でも。

「雪嗣様からお手紙を預かっています」

あんなに過保護な彼が、私を放って置く訳がなかったのだ。

時に怪我の治療をしてくれる医師や看護師を介して。

時に食事を持って来てくれる使用人を介して。

彼は秘密裏に、何通も手紙を送ってくれた。内容はシンプルだ。

『かならず助けに行くから待っていて』

『僕を信じてほしい』

『待たせてしまってごめん』

いったい、どれだけの人数を神崎家に潜り込ませているのだろう。

この手紙を届けるのに、どれだけの労力を割いたのだろう。

『君を虐げる人たちの罪を明かしてみせるから』

『すべてが終わったら、きちんと話をさせてほしい』

彼は私を救おうと動いているようだ。そんな中、接触を図るだなんて。危険すぎやしないかと驚いたが、リスクよりも私を安心させることを優先させたらしい。

『君を守れなくてごめん』

彼のくれる手紙からは、いつだって気遣いが伝わってくる。幽閉されている私が退屈しないように、時には文庫本が添えられている場合もあった。

それが、どれほど私の心の支えになったか。

『無事でいます。心配しないで』

だから、私も返事を書くことにした。小さな紙片にひと言だけの返事。少しでも彼を安心させられたら……。ただ、それだけ。思いつきだった。

『無事でよかった！　でも心配はしています』

返事が来た時、とても嬉しかった。何度も何度も短い手紙を往復させる。文通みたいだ。このデジタルな時代に、アナログだなあと笑いたくなったけど、それも私たちらしい。相変わらず〝普通〟の夫婦とは違う在り方だけど、こういうのも悪くない。

『いいお店を見つけたんだ。メロンソーダ、一緒に飲みに行こう』

『上に乗ってるサクランボは、缶詰のものを使っているお店がいいです』

『ちゃんとご飯を食べられているかな。夜は眠れている？』

『いちおう食べています。ブロック栄養食は味気ないです。寒くて眠れない時もありますが、時間はたっぷりあるので平気です』

何度もやり取りするうちに、内容に危機感がなくなっていった。だけど、ちっとも気にならない。むしろ、なんの気負いもない〝日常〟を感じさせてくれる内容を嬉しく思う。

――君と生きたいんだ。

一文字一文字に、そんな彼の気持ちが詰まっている気がしてならなかったからだ。〝死にたがり〟の発言とは思えなかった。織守に植え付けられた不安の種が消えて行く。

『また、芝生の上を散歩したいね』

『今度はお弁当を持って行きたいです』

ふたりの物理的な距離は離れている。顔だって見られないし声も届かない。なのにどうして、すぐ側にいるような気がするのだろう。彼の優しさを感じる言葉を、文字を目にするたび。褪せた世界に——色が、温度が、戻っていった。

——信じたい。雪嗣さんを。彼からもらった優しさを。言葉を。

自分の要望ばかりを押しつける織守なんかを、信じる必要なんてない。ちゃんと私自身で判断するべきだ。

いつしかそう思うようになった。それはとても、自然なことだったと思う。

『雛乃さんに会いたいよ』

『私も。雪嗣さんに会いたい』

雪嗣さんの顔が見たかった。彼の事情を聞きたい。そして、私の気持ちを伝えたい。

——どうして、結婚しようと思ったの？

——私は本当にあなたの〝運命〟なの？

——あなたを傷つけたくはない。殺すなんてまっぴらごめんだ。でも。

——雪嗣さんと一緒に生きたいの。そのための方法を探しませんか。

自分にとって都合のいい解釈をしている自覚はあった。騙されているかもよ、と頭の中で誰かが囁いている。だけど——私の心はもう止まらない。止められない。

それが、恋をしているってことだから。

暗闇が支配する地下牢で、ぎゅうっと手紙を抱き締めた。

まるで温度のない手紙。そこから彼の熱がじわじわと伝わってくるようだ。

私たちは白い結婚。愛はなく、体の関係も感情も伴わないはずだった。

だけど、私たちの間には――確かな絆が存在している。

それだけは間違いないと、暗い地下室でひとり噛みしめていた。


『もう少しだ。もう少しだけ待っていて。迎えに行くから』

そんな手紙を受け取るようになった頃、神崎家の現状について少しずつわかってきた。

鬱憤を晴らそうと地下牢を訪れた凜々花や父が、様々なことを口走ったからだ。

「力さえ復活すれば、神崎家の栄光は簡単に取り戻せるはずよ」

「捕獲した怪異を望む場所に出現させられる異能者に、伝手があるんだ。奴は金さえ積めばなんでもする。世間の注目を浴びるタイミングで、神崎家の力を見せつけるんだ。そうすれば、なんの力も持たない奴らはひれ伏すはずだ」

どうやら、新宿の怪異出現――そして、私の結婚式の日に京都に現れた怪異も、彼らによって仕組まれたものだったらしい。自分の思い通りにことを動かすため、父や凜々花は人為的に怪異を出現させていたようだ。他人を陥れることに異能を使う祓い屋。いわゆる裏稼業の人間との付き合い……いまの神崎家は、ずいぶんと堕落してしまった。

「私の代で、神崎家は絶頂を迎えるのよ！」

凛々花はいつもそう断言していた。再び契約を交わした後は「どうしてすぐに力が戻らないのよ⁉」と焦っていた彼女も、じょじょに薄くなっていく頬の発疹、美貌が戻りつつある状況に気持ちを昂ぶらせているようだ。日に日に傲慢さが増していった。

「半年後に国際会議があるの。そこで騒ぎを起こすわ」

ニヤリと不敵に笑う。

「出現する巨大な怪異！　死を覚悟して絶望する要人。颯爽と現れ、怪異を一掃した私。彼は言うの……『ああ、なんて美しいお嬢さんだ。お名前は？』世界中からオファーが来るわね。ハリウッド進出だって夢じゃないかも！」

うっとりと、自らをヒロインにした物語を口にする凛々花。折檻の痛みに耐えながら、話をぼんやり聞いていた私は、憂いを隠し切れないでいた。

――もう、救いようがないな。

死んだ母のために、生家を守らねばならないと思っていた。責任を感じて、自分を犠牲にしても構わないとさえ考えていたのだ。なのに、いまの神崎家は腐りきっている。凛々花の暴走を諫めない父にも、当主代行の行いを静観している親族たちにも失望していた。

――このままじゃ、死んだお母様に顔向けできない。

もうどうしようもない段階まできている。神崎家の人間は罪を犯しすぎた。

――家を守ろうとするのはやめよう。

いまの神崎家に、そんな価値はない。むしろ、排除した方が世のためになる。

母が生きていたら、きっと同じ判断をするはずだ。

――お母様。ちゃんと家を守れなくてごめんなさい。

それだけが心残りだった。決戦の日は近い。そんな気がしていた。

＊

運命の日は、それから間もなくしてやってきた。

その日は凜々花から折檻を受けていた。彼女の言いつけに従わなかったからだ。

「お姉様に拒否権なんてないのよ！　大人しく言うことを聞いていればいいの!!」

私は知らなかったが、いまや世間の神崎家に対する風当たりはずいぶん厳しいという。

父が企てたお家乗っ取りが露呈したからだが、すべての始まりは私が受けたインタビュー動画だったそうだ。なんとか世論を変えたい凜々花は、異母姉との関係が良好だという嘘の動画を撮影しようと目論んだ。

「なにもかもお姉様のせいなんだから、自分で挽回しなさいよ！」

「い、嫌です。絶対に。絶対に嫌ッ!!」

「この……！　いい加減にしなさいよ！」

「う、ああっ!!　ゲホッ、ゴホッ……」

お腹を強く蹴られて悶える。そんな私を凜々花は愉悦の滲んだ顔で見下ろしていた。

するると、地下牢に慌ただしい足音が響き渡った。

「凜々花様！　大変です!!」

足音の主は、使用人と思われる男性だ。お腹を押さえてうずくまっていたせいで、誰が来たのかはわからない。男性は焦った様子で凜々花に報告をしている。

「正面玄関に報道陣が殺到しています！　対応していますが収拾がつかないようで……」

「なんですって!?」

凜々花の声に焦りが滲む。

「……わかったわ。きちんと牢を閉めておくのよ。お姉様が逃げ出さないように！」

「かしこまりました」

やがて、凜々花の足音が遠ざかっていく。床に転がって必死に痛みが引くのを待っていた私は、ようやく暴行が終わったことに胸を撫で下ろしていた。

「大丈夫ですか」

声の主は先ほどの使用人のようだ。牢の中に入ってきた彼は私に手を伸ばした。男性らしい大きな手だ。弱りきった私の体を支えて、起こしてくれる。

「ああ。こんなに痩せてしまって。痣も。なんてことだ」

声に聞き覚えがある気がして、私はそろそろと瞼を開けた。

「遅くなってごめん」

「……あ」

瞬間、我が目を疑った。

「雪嗣さ、ん」

――……本当に来てくれたんだ。

きゅう、と胸が苦しくなった。唇が戦慄（わなな）いて、すぐに視界が滲んだ。ヴェール越しでも紺碧の瞳が綺麗だった。彼は使用人たちと揃いのお仕着せを着ている。なぜだか髪が黒い。無意識に手を伸ばすと、するりと髪が取れて驚いてしまった。

「ご、ごめんなさっ……」

「アハハ。ウィッグだよ。変装してたんだ。僕の髪色は目立つからね……」

黒髪の下から現れたのは銀雪を思わせる白髪。

見慣れた、大好きな色だ。彼が光の世界で生きているという証だった。

「雛乃さん」

名前を呼ばれた瞬間、ふいに彼に強く抱き締められた。

「心配した。すごく、すごく」

彼の匂い。鍛え上げられた体の感触。他人の体温に包まれる。ドキドキと胸を高鳴らせていると、彼の大きな手が背中に触れた。

「やっと、顔が見られた」

すり、とヴェール越しに頬ずりされて、体がかあっと熱くなった。話したいことがたくさんあったはずなのに。胸がいっぱいになりすぎて、ちっとも言葉が出てこない。

「あの、ゆ、ゆき……」

「落ち着いて。焦らなくてもいいから」

——ああ、いつもの彼だ。

私のペースに合わせてくれる。甘やかしてくれる。大切にしてくれる。甘く締めつけられた胸が苦しい。大好きな気持ちがこみ上げてきてたまらない。

「あ、会いたかった」

ようやっと気持ちを吐露すると、彼の瞳が大きく揺れた。ふと、柔らかいものが瞼に触れる。黒いレースのすぐ向こうに、彼の顔があった。ひどく距離が近い。驚きのあまり目を見開くと、目もとを紅く染めた彼が困り顔で言った。

「僕もだ。……ヴェールは取らない方がいいよね？」

「……ッ！」

瞬間、思わず体を硬くした。

そうだ。私の存在は彼にとって害になる。〝吸命〟は雪嗣さんを傷つけてしまう。

——『あなたはあの御方を殺せる。あなたにしか殺せないんですよ』

欣也の言葉が脳内をグルグル回っていた。全身が粟立つ。恐怖に駆られる。さっきまで、あんなにも心地よかった温もりが——とても恐ろしくなる。

「ごめんなさい」

そっと彼の体を両手で押すと、雪嗣さんは悲しげに眉尻を下げた。

「……そっか」

あんな顔をさせてしまうだなんて。私は彼を苦しませてばかりだ。

「少し気が焦っちゃったね。僕の悪い癖だ」

「え……」

そろそろと顔を上げれば、雪嗣さんは穏やかに笑んでいた。怒るでも、困惑するでもない。ただただ陽だまりのように優しい。その瞳に宿る感情はどこまでも穏やかだ。

「僕らには時間が必要だ。ゆっくりお互いを理解していこう」

それは、結婚式の後、彼と再会した時にもらったのと同じ言葉。

歩み寄るための合図。優しい時間が始まる兆しだ。

「すべてが片付いたら、僕の事情を話させてくれる？」

雪嗣さんが笑顔で手を差し出した。

相変わらず、彼は私を急かさない。静かに反応を窺っている。

――やっぱりこの人と生きたい。生きていきたい。彼とならきっと……。

〝普通の幸福〟も望める気がしたから。

私はなんの迷いもなく、その手を取った。

第八話　死神姫と焔の美姫の決別

──マズいわ。

地下牢を出た途端、外の喧騒が聞こえてきて、凜々花は思わず眉根を寄せた。

窓から玄関方面を眺めれば、外周の柵に沿って何台もの車が駐車されているのがわかる。

マスコミだ。雛乃の動画が公開された後から、スクープを狙ってしつこく居座っていた奴ら。ハイエナのような記者たちの数が明らかに増えている。

「ちょっと！　誰か事情を知っている人間はいる!?　なにがあったのよ！」

通りすがった使用人の男に声をかけると、青ざめた顔で彼は言った。

「えっと、わた、私にはさっぱり──」

「さっぱりじゃないわよ！　じゃあ、玄関先で対応しているのは誰？」

「それは──」

使用人のはっきりしない態度に苛立っていると、村岡が近づいてくるのがわかった。

「ああ、やっと話のわかる人間が来たわ！」

ホッと胸を撫で下ろす。使用人を押しのけた凜々花は、笑顔で声をかけた。

「会えてよかったわ。状況を教えてちょうだい──」

「それよりも、凜々花様」

主の言葉を遮った老袱い屋は、焦りを滲ませる次期当主へ冷ややかな視線を向けた。

「正面玄関にお急ぐください。旦那様がお呼びです」

「なにを言ってるのよ！　この私に、マスコミの前に出ろっていうの⁉」

「次期当主として、対応していただきたい案件があるそうです」

有無を言わせない物言いに、凜々花は口を閉じる。非常時にあっても冷静さを保ったままの側近の顔をまじまじと見つめ、ひとつため息を落とした。

「わかったわ。内々の対応は任せたから。書類関係は見つからない場所に移しておいて」

「お任せください」

くるりと踵を返して歩き出す。やがて小走りになり始めた凜々花の背中を眺めながら、名家に忠誠を誓ってきた老袱い屋は、そばにいた使用人に声をかけた。

「そこの君。例のお客様は客間に？」

「は？　はい。そのはずですが」

「わかりました。君は対応に戻りなさい」

パタパタと走り去る使用人を見送る。

村岡は騒がしい正面玄関の方を見やりながら、ぽつりとつぶやいた。

「……ようやく」

やけに実感のこもったその声は、屋敷内の喧騒にまぎれて誰の耳にも届かなかった。

＊

正面玄関に辿り着いた凜々花は、扉を開けた途端に再び唖然としてしまった。

鉄製の門扉の前におおぜいの人間が集まって騒いでいる。テレビカメラを担ぐ男性。脚立に登ってこちらを写している者すらいる。マイクを手にした女性が、凜々花の姿を見つけた瞬間、嬉々として声を張り上げた。

「神崎凜々花さん！　先ほど公開された動画についてコメントを！」

「動画……？」

ひたすら困惑していると、あちこちから次々と声が上がった。

「姉の雛乃さんへの暴力行為と、怪異を恣意的に利用した件についてですが！」

「違法な祓い屋との接点が報じられていますが、どうお考えですか！」

「使用人への暴力行為については――」

――なに？　なんなの。いったいなにが起こっているの。

動画？　暴力行為？　恣意的に利用？　すべてがすぐに理解できない。

神崎家の門扉の前は混乱の様相を呈していた。

「お帰りください！　いまお話しできることはございません！」

家の人間が必死に対応しているものの、報道陣は加熱するばかり。普段は静かな住宅街が喧騒に包まれている。辺りにはパラパラとヘリコプターの音が響いていた。誰かが身を乗り出しているのが見える。中継されているのだ。この状況が！

「凜々花ッ!!」

悲鳴に近い声が聞こえて、呆然としていた凜々花はハッと気を取り直した。

声の主は母親の早苗だ。焦った様子の彼女は、スマートフォンを押しつけて言った。

「変な内容の動画が拡散されているの。こんなの嘘よね？　ね？　ね？」

懇願するような早苗の声に動揺しながら、凜々花は恐る恐る画面に視線を落とした。

映し出されたのは、薄暗い場所で男女が会話している場面だ。

『お姉様の結婚式の日に、京都の……そうね、観光客でごった返している通りに怪異を出現させて。強い奴よ。龍ヶ峯が前当主を駆り出したくなるような怪異がいいわね』

『本気ですか？　おおぜい死人が出ますぜ？』

『ある程度の犠牲は仕方がないわよ。やって。報酬は上乗せするから！』

それは裏稼業の祓い屋と、凜々花のやり取りを盗撮した動画だった。

「え……」

凜々花が言葉を失っていると、画面が暗転。別の場面が映し出された。

『いやっ！　痛い、離してッ……！』

『契約のための血を貰うだけよ。動くんじゃないわよ、このクズ！　化け物を家に置いてあげるんだから、これくらいは我慢しなさい!!』

雛乃から凜々花が無理やり血液を奪っている。恐怖に引きつった雛乃の表情がアップになると、実に痛々しい。更に画面が暗転。女性使用人に対して凜々花が罵詈雑言を投げかけている。耳を塞ぎたくなるような暴言。甲高い悲鳴と使用人のすすり泣く声。

「な、によ、これ……」

頭が真っ白になった。絶対に外部に漏れるはずのない映像ばかりだ。

——どうしてこんなものが流出しているのよ!?

ますます混乱していると、再び画面が暗転した。現れたのは、倒れた雛乃に対して語る義郎と凜々花の姿。ふたりで『神崎家の栄光を取り戻す』『捕獲した怪異を望む場所に出現させられる異能者に伝手がある』と得意げだった。

『半年後に国際会議があるの。そこで騒ぎを起こすわ』

次に映し出されたのは、得意満面の凜々花のアップ。

いまだ発疹が癒えない顔で、動画の中の自分は夢見がちな様子で言った。

『出現する巨大な怪異！　死を覚悟して絶望する要人。颯爽と現れ、怪異を一掃した私。彼は言うの……『ああ、なんて美しいお嬢さんだ。お名前は？』世界中からオファーが来るわね。ハリウッド進出だって夢じゃないかも！』

「やめてええええええええっ!!」

堪らずスマートフォンを地面に叩き付けた。

——なんで。なんでなの……!!

こんな動画が全世界に公開されるなんて、恥以外の何物でもない。

ガラガラと積み上げてきたものが崩れ落ちていく音がする。すべてが順調だったはずだ。モデルとして、女優として、祓い屋として――名家の次期当主としても。

なのに――このままじゃすべてが台なしだ。

「凜々花、こっちへ来い」

「お父様！」

やっと話がわかる人間が来たと、凜々花はホッと胸を撫で下ろした。

「ねえ、家の中に裏切り者がいるわ。誰が画像を流出させたか調べないと……」

「いいや、その必要はない」

「は……？」

頭が真っ白になった凜々花に、義郎は淡々と告げた。

「ぜんぶお前のせいにする。家を守るためだ。理解してくれ」

義郎がなにを言っているのか、凜々花にはまるでわからなかった。

「お集まりの報道陣の皆様！　このたびはお騒がせして申し訳ございません！」

さも当然のように背を向けた義郎に、凜々花は呆然と立ち尽くす。

――そうだわ。そうだった。この人はこういう人間だ。お姉様のように私も……。

この時、凜々花は父に切り捨てられたのだと知った。

最初に凜々花をお家騒動に巻き込んだのは義郎だ。愛人との娘を自分の派閥の象徴に仕立て上げたのも、焔の美姫だのと褒めそやしたのも、次期当主だと持ち上げたのも。

――なのに切り捨てる？　奪う側の人間である私を？

そんなの、絶対に許さない。

「ふざけるんじゃないわよおおおおっ!!」

「ギャアアアアッ！　り、凜々花!?　やめろ。やめるんだ！」

怒りを爆発させる。尖ったネイルで義郎の顔を引っ掻き、力の限り首を絞め上げた。頭の中は真っ赤に染まっていて、冷静さを失った凜々花は、自分たちに向けられているカメラの存在をすっかり忘れてしまっている。

「なんで私のせいになるの！　ぜんぶ家のためにやったんじゃない！　神崎家が祓い屋のトップにいるべきなの。それが正しいの。だからなんでもやった。それだけの話。なのに、どうしてよおおおおっ！　ぜんぶ順調だったのに。なんでこんなことおおおっ！」

その時、凜々花の脳裏に浮かんだのはひとりの人物だ。

「そうよ。ぜんぶお姉様が悪いのよ！　すべての元凶はアイツ。私はなにも悪くない！　アイツが大人しく家の奴隷になっていれば、なにも問題なかったのよ!!」

凜々花のあまりにも身勝手な言い分に、その場にいた誰もが絶句している。

「……醜いなあ。これが〝焔の美姫〟の末路なんて。信じられない」

沈黙を切り裂いたのは、どこか冷たい印象を与える声だ。ぎょろりと凜々花が視線を動かした先にいたのは――白髪の男、龍ヶ峯雪嗣と。

「お姉様……」

青白い顔をした異母姉。雛乃だった。

＊

おおぜいの瞳が私に向いている。一斉に注目を浴びて体が震えた。化け物だと罵られた過去が蘇り、自然と息が詰まりそうになる。いつもなら尻尾を巻いて逃げ出す場面だ。でも——以前の私とは状況が違った。

「大丈夫だからね」

私の隣には雪嗣さんがいた。彼の大きな手が私のそれを包んでいる。

それだけで心が軽くなった。ちゃんと息が吸えた。自然と顔が上がった。

異母妹に立ち向かうだけの勇気が満ちてくる。

「ありがとう、ございます」

雪嗣さんに笑顔を向けた私は、凜々花へまっすぐに視線を向けた。

いまこそ、決着を付ける時だ。

私と視線が合うと、凜々花は父から手を離した。長い髪は乱れ、化粧は崩れきっていて悲惨な有様だ。普段から身だしなみに人一倍気を使っている彼女には絶対にありえない姿。

それだけ追い詰められているのがわかる。

「どうして勝手に地下牢から出ているの！　戻りなさい。あんたの居場所はあそこよ！」

数え切れないほどのカメラがこちらに向けられていた。できれば醜態は見せない方がいいはずなのに、凛々花は止まれないようだ。まったく周りが見えていない。

「い、嫌よ」

私はなるべく凛として見えるように努めた。いまだに凛々花を恐ろしいと思う。けれど、ここで弱いところを見せられない。もう言いなりにはなれない。

「地下牢には戻らない。もう言いなりにはなれないのっ！」

「はあっ!?」

充血した目で睨みつけられて、ビクリと体が硬直した。

私と凛々花。母は違うけれど、同じ父を持つ人間だ。なにかひとつでも違っていたら、仲のいい姉妹になれた可能性だってある。でも、ふたりの道は決定的に別たれていた。あまりにも違う。生き方も、考え方も。なにもかも。

そう――

「罪を認めて、凛々花……！」

「勝手なこと言ってんじゃねえええええ！　化け物がああああ!!」

私たち姉妹は、絶対にわかり合えない。

「他人の生命力を奪う化け物の癖に！　あんたは黙って私に従っていればいいのよ。この神崎家次期当主の私にね！」

「待って」

怒り心頭の様子の凜々花の前に、雪嗣さんが進み出た。

「やけに自信満々だけど、君は本当に神崎家の次期当主なのかな？」

「え……」

驚いて顔を上げると、紺碧の瞳と視線が交わる。力強い輝き。小さくうなずいた彼は、凜々花を再び見据えて言った。

「僕はそう思えないね。君が次代の神崎家当主だって？　冗談じゃない」

「なっ……！」

凜々花が顔を歪めた。ギロリと雪嗣さんを睨みつける。

「馬鹿なことを言わないで。これは神崎家の話よ。お姉様の夫だからって、余計な口出しはしないでくれる？　そもそも部外者でしょう！　どうして家の敷地内にいるの！」

「ん？　それは――」

不敵な笑みを浮かべた雪嗣さんは、ちらりと背後に視線をやった。

「ぐうっ……!!」

そこには、使用人に捕縛された織守欣也がいた。

「僕の妻を連れ去った誘拐犯がこちらにいると聞いてね。わが家に関する機密情報を漏洩した疑いもあるから、お邪魔させてもらった。ああ、それと」

私の肩を抱いた雪嗣さんは、どこか不敵に笑んで続けた。

「大事なお客様を連れてきたんだよ」

「客……？」

「そう。君にとっても、雛乃さんにとっても大切なお客様。確認してくれる？」

――私にも？

雪嗣さんの仕草に誘われて、そっと後ろを振り返る。

瞬間、周囲の時間が停まったような気がした。

邸の正面玄関に車椅子に乗った人物がいる。三十代後半くらいの女性だった。

村岡さんが影のように付き従っている女性は、ずいぶん痩せていた。顔色は悪いし、頬は痩けて、腕は枯れ枝のように細い。あまり健康的な姿とは思えなかった。しかし、その瞳には強い力がある。赤だ。太陽の恵みをたっぷりと受けた果実を思わせる色鮮やかな深紅――紛れもなく神崎家直系の証だ。

「お、かあ、さま……？」

呆然と立ち尽くす。いったいなにが起こっているのかわからない。心臓が早鐘を打っていて、クラクラと眩暈がした。私はとうとう幻覚を見始めたのだろうか。でも――

「雛乃！　久しぶり！」

「お母様っ……！」

その太陽みたいな笑顔は、まぎれもなく大好きだった母のものだった。

「おっと」

たまらなくなって、勢いよく抱きついた。柔らかな体に顔を埋めて、思い切り息を吸う。母の匂いだ。あの頃と同じ優しい体温に包まれている。

夢じゃない。妄想じゃない。これは——現実だ。

「嘘。本当？　嘘じゃないの。死んだ、はずじゃ。おかあ、さ、ああああああっ……!!」

顔をグシャグシャに歪めて泣く。母は私の頭を優しく撫でて囁いた。

「本当は生きていたの。黙っていてごめんね。許してくれる？」

コクコクとうなずいて、更に強く母を抱き締める。

「ごめんなさい、私のせいで。ごめ、ごめんなさい……!!」

母が生きていた事実は嬉しく思うが、私が犯した罪は消えない。申し訳なかった。罪悪感でいっぱいだった。ひたすら謝り続ける私に、母は「大丈夫」と背中を摩ってくれた。その仕草はまったくあの頃と同じで。母が戻ったのだと実感が湧く。ずっと張り詰めていたなにかが、一気に緩んだような気がしていた。

「さつき！　お前……死んだはずじゃ!?」

まっ青になった父が困惑の声を上げている。

村岡さんを睨みつけると、唾を飛ばしながら叫んだ。

「おい、どういうことだ!?　確かに葬式もあげたはずだ。死亡届だって！」

「そんなもの、どうとでも誤魔化せますよ。あなたは、妻の遺体を確認しようともしませんでしたし、葬式が終わったらすべて私に任せきりでしたでしょう。火葬場や納骨の場で誤魔化す必要がなくて助かりましたが、さすがに呆れて物も言えませんでしたね」

「なっ……そ、それはっ！」

するとと、いやに楽しげな母が口を開いた。

「いやあ、本当にすごいよね。葬式が終わった途端、喪服のまま愛人宅に向かったんだって？　目障りに思っていた妻が死んだお祝いでも開いたのかな。ずいぶんと村岡を信頼していたのだね。書類関係は丸投げだったみたいじゃないか。おかげで懇意にしている会計士なんかと、やりたい放題できたらしいけど。そうそう、再婚相手との婚姻届まで預けたんだって？　私は死んでなかったからね……。村岡、その書類はどうしたのかな？」

「提出しておりません。いまも私の部屋のどこかにあると思いますが……」

「な、なんっ、なんだって!?」

父と義母、凛々花の顔色が白くなる。それが事実なのであれば、凛々花は神崎家の人間ですらない。実子ではなく再婚相手の連れ子だと、父が散々吹聴していたから尚更だ。

「ほら、次期当主じゃないって言ったでしょ」

雪嗣さんの楽しげな声が辺りに響くと、父の顔色がどす黒く変わっていった。

「村岡ァ！　貴様!!　裏切ったな!!」

海千山千の老祓い屋は、呵々と一笑し、不敵に言い放つ。

「裏切り？　くだらない。最初から私の主人は神崎家当主だけです。とはいえ、婿殿を軽んじるつもりはありませんでしたが。……それもこれも、あなたが意識不明になったさっき様を殺せと私に命じたから。仕方なく本来の主人を匿っただけです」

「……!!」

話に耳を傾けていた人々がざわつく。老祓い屋はしれっと爆弾発言をした。

「殺人を教唆(きょうさ)するような人間に従う訳がないでしょう。当時の肉声を録音したものも残っておりますので、然るべき場所に届けさせていただきますね」

嬉々として糾弾し始めた村岡に、父がかくりと項垂れる。

すかさず、追い打ちとばかりに母が言った。

「どちらにしろ、アンタたちはおしまいだよ。動画にしたのは、アンタらの悪事のほんの一部分だ。警察も動いている。覚悟しなさい」

「あ、あああああ……」

「お、おと、お父様？　どういうこと？」

抜け殻のようになってしまった父を、凜々花は勢いよく揺さぶっている。

「お父様が言ったんでしょう？　私が神崎家の次期当主だと。名家を継ぐ権利を得たのだと!!　それがぜんぶ間違っていた？　う、嘘よね？　ね？　ね？」

しかし、父はなにも反応しない。

顔を引きつらせた凜々花は、今度は私をターゲットに定めたようだった。

「お、お姉様。ごめんなさい。助けてほしいの」

フラフラと近寄り、私の足に縋る。

「いままでのこと謝るわ。お姉様から奪ったものも、ぜっ、ぜんぶ返すからっ！　次期当主の座も、母屋の部屋もぬいぐるみも、そ、そうよ。お、お洋服も靴も返すわ。なんなら私の持っているものをあげる。最高級品よ、お姉様は絶対に持ってない！　だから」

紫になった唇を歪め、媚びるような目線を凛々花は私に向けた。

「だから助けてっ！　情けをちょうだい。姉妹でしょう!?　わ、私このままじゃ――！」

「………………」

あまりにも憐れな姿に、私は瞼を伏せた。

「いらないわ」

怯えたように体を震わせた凛々花に、淡々と事実だけを告げた。

「なにもいらないし、あげられない。私がほしいものはあなたには用意できないし、私がなにをあげたって、いまのあなたはどうにもならない。も、もう私を解放して。搾取されるだけの人生はまっぴらなの!!」

――もう、あの頃には戻れない。

私は知ってしまった。ヴェール越しじゃない世界の美しさを。わかってしまった。気遣われる嬉しさを。気づいてしまった。大切な人と過ごす時間の心地よさに。

教えてくれたのは雪嗣さんだ。

彼は蔑ろにされ続けた私を大切にしてくれた。

尊重してくれた。人として扱ってくれた。

使い捨てにされていい存在じゃないと行動で示してくれた。

それがどれだけ私の心を救ったか。差し伸べられた手の温かさにどれだけ癒やされたか。

きっと、恵まれた環境を生きてきた凜々花には理解できないだろう。

「あの頃の私は、本当に無力だった。異能で母を殺してしまった事実が恐ろしくて、つい父のいいなりになってしまった。じ、自分の境遇を〝仕方ない〟〝これは罰だから〟って受け入れて、全部を諦めて、父やあなたのなすがままになってた。でも、でも！」

歯を食いしばって顔を上げる。懸命に涙を堪えながら、私は必死に訴えかけた。

「もう私を縛るものはない。これから、私は私のために生きるんだからっ……!!」

「あああああああああああああっ!!」

凜々花の絶叫が響いていく。

泣きながら蹲ってしまった凜々花を、無数のカメラが捉えていた。激しく繰り返されるシャッター音。誰かの興奮した声。遠くから警察のサイレンが近づいてくるのを聞きながら、私は氷のように冷たくなってしまった指先を、雪嗣さんの温かなそれに絡めた。

結　死神姫と解けない運命の赤い糸

柔らかな午後の陽差しが降り注いでいる。草いきれのする中庭。

麦わら帽子越しに、痩せ細った手に影が落ちていた。ぱちん。剪定ばさみがいい音を立てると、薔薇の葉が楽しげに揺れる。隣で作業を見守っていた私は、その人の額に浮かんだ汗をハンカチで拭った。

「ありがとうね、雛乃」

「うん……」

揃いの紅い瞳を、示し合わせたみたいに同時に和らげる。

ミィン。とうに晩夏に差し掛かっているのに、蝉の勢いはいまだ衰えない。

「奥様、お嬢様、休憩はいかがですか」

「あ、はい……」

村岡さんの声に振り返ると、ガーデンテーブルの上にフルーツタルトを見つけた。

「あなたの好物だったわよね」母の言葉に、思わず顔がほころんだ。

父と異母妹の件が一段落した後、母はすべてを明らかにしてくれた。

私は母を殺していなかったのだ。実際は意識を奪っただけだったらしい。それを好機と見た父は、村岡さんに命じて妻を処分しようと目論んだ。当主に絶対の忠誠を誓っていた老祓い屋は、母を殺した風を装って存在を秘匿していた——それが真実である。

とはいえ、母は長いこと意識不明のままだったという。目覚めたのは、いまから三ヶ月半ほど前だ。ちょうど、私が龍ヶ峯家に嫁いだ頃である。おそらく私の〝吸命〟による影響下から脱したからだろうと、母付きの医師が教えてくれた。皮肉にも、嫁入りが母の意識を取り戻す契機となったのだ。

母子の再会が、これほどまで遅くなったのにも理由がある。ようやく回復できた母は、すぐに私に連絡を取りたかったそうだが、できなかった。ノコノコと顔を出せば再び父に命を狙われる可能性があったからだ。母は秘密裏に動き始めた。神崎家という名家をいったんリセットし、私の権利を取り戻すために。粛々と準備を進め——いまから半月ほど前、ようやく具体的に動き出したところだったそうだ。

「私になにかあった時、祓い屋稼業は村岡に、雛乃の後ろ盾は父に頼んであったの」

フルーツタルトにフォークを差し入れながら、母は淡々と語った。

「父があんなに早く亡くなるなんて。百歳過ぎてもピンピンしてそうだったのにね。想定外だった。なにより——」

ちらりと鋭い視線を村岡さんに投げる。

「村岡が雛乃を守り切れなかったのが、とても意外だったな」

「……力及ばず、申し訳ございませんでした。当主代行に、あっという間にお嬢様を囲われてしまって、気がついた時には近寄ることもできず……」

深々と頭を下げた村岡さんに、母は深く嘆息した。

「まあ、それだけあの人が狡猾だったということなんだろうけど。当主代行の言いつけに、一介の部下が逆らえる訳もないからね。その点、父は適格だったはずなんだけど。当人が病に倒れてしまったのだから、仕方がないかな。村岡も、私がいつ目覚めるかわからない状況の中、やれることはやってくれていたと思う。……それにしたって、あの男」

母が苦虫を噛み潰したような顔をする。きっと父に想いを馳せているのだろう。

両親は政略結婚ではなかった。祓い屋の同業者として知り合い、やがて結婚に至ったそうだ。父がいつから母を裏切っていたのかはわからない。しかし、十年以上眠り続けた挙げ句、目覚めたら夫に愛人と子がいただなんて、ショックを受けない訳がない。

「……お母様、これから神崎家はどうなるの？」

ずっと気になっていた疑問を口にすると、母はどこか晴れ晴れとした顔で言った。

「方々に謝罪行脚して――支払うものは支払って。社会的信用もなにもなくなっちゃったけど、これからも祓い屋稼業は続けていくよ。世間様の目は厳しいだろうけどね」

「わ、私、戻った方がいいのかな」

神崎家の直系は母を除けば私だけだ。家の存続を思えば、そうするべきだろう。

――場合によっては離婚をしなくちゃいけないかも……。

「だ～いじょうぶだって！」

不安げに瞳を揺らした私に、母はカラカラと笑った。その瞳が見つめる先には、暑いのに汗ひとつ滲ませていない老祓い屋の姿がある。

「嫁いだ娘を戻さないと立て直せない家なんて、潰れてしまえばいいんだよ」

「……さつき様、さすがに口が過ぎます」

「ウッフフフ。悪かったね。ま、村岡と二人三脚でやっていくよ。そうだなあ。いつか雛乃の子どもが大きくなって、また祓い屋をやってもいいと思ってくれたら協力してね」

「……こっ⁉」

雪嗣さんと私の子ども……？

あからさまな発言に真っ赤になっていると、母は楽しげに目を細めた。

「いやあ、いろいろ想定外だったけど。雛乃が龍ヶ峯に嫁いでいたことだけは幸運だったな。約束を守る男はいいねえ。義郎たちが犯した罪の証拠も、ずいぶんと集めてくれていたみたいだし。結婚式の当日まで、証拠集めに奔走するのはどうかと思うけど」

上機嫌な母に、私は以前から感じていた疑問をぶつけた。

「お母様は、あ、あの。前々から私のことを雪嗣さんに頼んでいたの？」

「どうしてそう思った？」

「雪嗣さんは、あまり他人に知られていない私の情報を知っていたから……」

読書が好きなことも、フルーツタルトが好きなことも。

私の趣味や好みを熟知している人間と言えば、母くらいしか思いつかない。それに、神崎家当主しか知らないはずの〝吸命〟の詳細についても理解している節があった。

雪嗣さんが食べさせてくれたブルーベリーのタルトもだ。あれはたぶん、母が元気だった頃に家で働いていた料理長の手作り。彼のことだ。わざわざ取り寄せたのだろう。

だから、母はあらかじめ私という存在を託していた……とは思ったのだけれど。

「私が異能を発現した後、すぐに意識不明になったのに、いつ雪嗣さんに頼んだの？」

「雛乃が三歳くらいの頃かな。あなたは小さい頃から、ほんのわずかだけど〝吸命〟を発動させていたからね。誰よりも強い力を秘めている可能性があった。だから、前々から対策を練っていたんだ。彼に雛乃を託したのもその一環」

「え……。小さい頃から？　六歳ではなく？」

「そうだよ。普通じゃ考えられないけど、生まれた瞬間から兆候があったんだ。だから、異能封じのヴェールを用意したり、いろいろと準備をしていたのに——まさか、一気に異能が開花するとは思わなくて」

私が異能を発現させた時、翌日にはヴェールが用意されていた。妙に用意周到だとは思っていたが、それには理由があったのだ。

「わ、私がぜんぶ台なしに……」

しょんぼりと肩を落とすと、「気にしない、気にしない！」と母はカラカラ笑った。

「ま、なるようになったし！　雛乃が自分を責める必要はないよ」

母の表情はどこまでも晴れやかだった。本当に、太陽みたいな人だ。だからこそ、名家の当主として尊敬を集めていたし、誰からも慕われていたのだ。大人になったからこそ、そのすごさを再確認させられる。

「それに――この件がなくとも、いつかは龍ヶ峯雪嗣と会わせるつもりだった」

「え……？」

母の言葉に息を呑むと、ざざざざざ、と強い風が中庭を吹き抜けて行った。

紅い瞳に寂しさを滲ませた母は、ぽつりと言う。

「雛乃が抱えるだろう孤独を、私じゃ解消できないからね。龍ヶ峯の無尽蔵の生命力がなくちゃ――私たちはヴェールなしに一緒にケーキを食べることも、会話することもできない。雛乃の心を守るのに、彼ほどの適任はいない。そしてそれは……」

わずかに口もとをつり上げ、母は寂しげに瞼を伏せた。

「龍ヶ峯雪嗣にとっても同じだ」

私の空になったカップに紅茶を注ぐと、母はどこか意味ありげに笑んだ。

「彼の事情を聞いてきたんだろう？　どうだった？」

母の問いかけに、パチパチと目を瞬く。

「一緒に生きていく決心はできたのかな」

「うんとね――」

カップの中の紅い海に視線を落としながら、あの日の出来事に想いを馳せた。

＊

「僕の事情を話したいんだ」

すべてに決着が付いてから数日の後。彼はそう言って私を誘い出した。

連れて来られたのは海辺の街だ。都心からさほど離れていない、なんの変哲もない漁師町。だが、そこには龍ヶ峯家先祖代々の墓石があるという。

海を一望できる丘の上にそれはあった。立派な墓石だ。樹齢が三桁は堅いであろう杉の下にあるそれは、記念碑と間違われかねないくらい大きい。周囲にはたくさんの花が乱れ咲いていた。定期的に手入れをされているのだろう。小さな公園のような趣がある。

到着した頃には、すでに周囲は薄暗くなり始めていた。海の匂いがする。太陽が沈みつつあった海は宝石のように輝いていた。小さな島影が黒く染まっている。宵闇が世界を薄く覆い始めていた。光に満ちた時間が終わろうとしている。

「ここに、龍ヶ峯、の人たち、が？」

ふわりと海風がヴェールを揺らした。雪嗣さんと一緒にいるのに、黒いレース越しにしか眺められない世界に違和感がある。だけど、いまは外すつもりはなかった。これからどうするかは、きちんと話を聞いた上で決めたい。

雪嗣さんも私の気持ちを理解していて、なにも言わないようだった。

「いや、本家の人間の墓石は別にあるよ。ここに入れるのは――当主だった人間だけ」

「〝停滞〟の異能を持つ人間は、死なないんじゃ……？」

　私の疑問に、雪嗣さんはためらうことなく答えてくれた。

「死ぬよ。首と胴体が離れてしまうような大怪我を負えば、さすがに命は助からない。

龍ヶ峯家の異能が〝不老不死〟と呼ばれていない所以だ」

「じゃあ、ここには死んでしまった当主が？」

「うん……」

　雪嗣さんは物憂げに瞼を伏せた。再び開かれた紺碧の瞳には哀愁が漂っている。

「自ら命を絶った当主たちが眠ってるんだ」

　息を吞んだ私に、雪嗣さんが一歩近づいた。そっと私の手に触れる。彼の指先は冷え切っていて氷のようだった。震えているようにも思える。紺碧の瞳が不安げに揺れていた。

「僕は〝死にたがり〟だ。いいや、僕だけじゃない。龍ヶ峯の代々の当主たちは、どちらかというと死を望む傾向にある」

「ど、どうしてですか……？」

　あまりにも悲愴な表情に胸がざわついて仕方がない。彼の指先を温めたくて、ギュッと強く手の中に握り込むと、少しだけ温度が戻って来た気がした。

「〝停滞〟の異能は残酷な人生を強いてくるからだよ」

「すべては、異能のせい？」

「そう。〝停滞〟させられた体は――この世を生き地獄に変えるんだ」

雪嗣さんは苦く笑った。己の胸に手を当てる。その表情はとても苦しそうだった。

「〝停滞〟はね、その名のとおり体の時間を止める。異能を発現した瞬間を保とうとする。体温は一定なのに、心臓は鼓動するのをやめて、生物としては当たり前にあるはずの新陳代謝すら起こらない。その結果、睡眠も食事もできなくなるんだ」

「……え」

「食べられなくはないんだ。でも、体に不要なものだから受けつけなくなる。眠ろうとはするんだよ。でも、布団に潜り込んでも睡魔は訪れない。睡眠なんか必要ないからだ。結果、じっと朝が来るまで待つしかなくなる……」

なにを楽しみに生きればいいんだろうね、と雪嗣さんは言った。

心が疲れたら、どうやって回復すればいいんだろう、と雪嗣さんは悲しそうだった。

「これじゃ動く死体だ。人間として当たり前にできていたことが──ある日突然、できなくなる。当時は幸運だってもてはやされたけど、とんだ罰ゲームだよね。それが何百年と続くんだ。僕の場合は二百年と四ヶ月と十一日だった」

ふわりと白い髪が風に揺れた。真っ赤な夕陽が彼の姿を照らしている。宝石のような瞳に普段とは違うきらめきを見つけて息を呑んだ。涙の薄い膜が赤光を反射している。

雪嗣さんが──私の大切な人が、こんな顔をするなんて。

──強い人だと思っていた。

前向きで、まっすぐに生きてきた人だと信じ込んでいた。

でも、本当は。彼にしか理解できない痛みを抱えて苦しんでいたのだ。

「私が、生命力を吸ったら？」

「そのぶんだけ、僕の中で止まっていた時間が進むんだよ」

「食事や睡眠もできるようになる……？」

「そうだよ。人間らしさを取り戻せると言っていいかもしれない。たぶん、普通の人間のように年齢を重ねられるんだと思う。——大昔に、神崎家の直系と婚姻を結んだ龍ヶ峯の当主は、その人に最期を看取ってもらったそうだから」

遠い、遠い過去に両家の間で結ばれた盟約……。

私と雪嗣さんが婚姻するきっかけになったもの。

〝龍ヶ峯の代替わりの際に、引退した当主に神崎家の直系を娶らせる〟。

「あ……」

その時、海風が勢いよく吹き込んできた。黒髪が風に遊ぶ。木々が大きな声で歌った。夕陽で飾った海がいっそう美しく輝いた気がする。

すべての疑問が繋がった。それが事実なのであれば——

——私にとって、そして彼にとっても、どれほどの救いかとも思う。

「ゆっ……雪嗣さんは！　年齢を重ねて行きたいですか……？」

勢いづいて訊ねると、彼はどこか気まずそうに目を逸らした。

「そう、だね。…………。普通に生きられないのは、とても辛いから」

「……！　そうですか!!」

――龍ヶ峯の人間にとって〝吸命〟は救いだったんだ。

どうしてあんな盟約が結ばれたのか不思議だったが、ようやく腑に落ちた気がした。

自分なら助けてあげられる。苦しみを和らげてあげたい。龍ヶ峯の異能が持つ事情を知った神崎の女性は、放って置けなかったんじゃないだろうか。だから〝吸命〟を使った。

いずれ相手が死ぬとわかっていても――

――そっか……。だから、結婚してから最期を看取った、のか。

結婚することに意味を見いだしたのだ。

生命力をやり取りするだけなら、わざわざ敵方の家に嫁ぐ必要なんてなかったはずだ。

だけどふたりは結婚した。夫婦である必要があったからだ。そして、彼らは後の子孫にも「そうするように」と言い残した。龍ヶ峯の代替わりの時期に、かならず必要とする人物が現れると信じていたから。不幸だったのは、何百年と時間が流れていくうちに、その意味が忘れられてしまったことだろう。

やっぱり鍵は両家の間に結ばれた盟約にあったのだ。

私は――なるべくして雪嗣さんの妻になった。

〝吸命〟は。私の異能は。

彼にとって害になっていた訳ではないのだ。

むしろ彼が人間らしく生きるためには必須の能力で――

――嬉しい……！

じわり、じわりと胸に温かなものが広がって行った。

なんて素晴らしいのだろう。殺すことしかできないと思っていた私が役に立てるなんて。

最初、雪嗣さんの生命力が私の救いになると知った時、自分の存在が負担になるだろうと考えた。だけど、実際はそうじゃない。私たちはお互いにお互いを必要としている。

「あ、あのっ、あの。私――！」

「雛乃さん」

興奮に頬を染めていると、ふいに雪嗣さんの表情が硬いのに気がついた。

おかしい。どうしてそんなに悲しそうなのだろう。

――あれ……？

はた、と気がつく。そう言えば、最後の疑問がひとつ残っていた。

どうして彼は、私に事情を明かしてくれなかったのだろうか。

「嫌なら、離婚したっていいんだ」

「え……？」

キョトンと目を瞬く。

紺碧の瞳が大きく揺れていた。そっと視線を外した彼は、ぽそりと「君の母親も意識を取り戻したのだし」と悲しそうにしている。

雪嗣さんの言葉が、意味が、上手く呑み込めない。

──離婚？

一気に心が冷えていく。急に突き放されて、どうしていいかわからなかった。

ずっと一緒だと言ってくれたのは彼なのに。もう、雪嗣さんなしに生きる未来なんて、想像もしていなかったのに──なんで。どうしてなの。

胸が引き絞られるように痛む。心が悲鳴を上げて、叫び出したくて仕方がない。

「わ、私の存在は、ご、ご迷惑ですか……」

混乱する頭をフル稼働して、やっと絞り出した声は震えていた。

ヒステリックに叫べたら、どれだけ楽だったろう。だけど、こんな時にも意気地なしで。他人に強く出られない私は、彼の言葉を待つしかなくて。私を悲しげに見つめる彼の瞳がとても恐ろしくて──

──神様、お願いします。私から彼を奪わないで。

過去に一度も助けてくれなかった存在に、願ってしまうほどだった。

「迷惑な訳がない！」

彼が発した声に、ビクリと身を竦める。申し訳なさそうに眉根を寄せた彼は、地面に視線を落としたまま、切々と語り出した。

「僕はいまでも君と一緒に生きていきたいと思っているよ。だけど、考えてもみてほしい。〝吸命〟の影響下にあり続ければ、僕はいずれ死ぬ。その時、君は──耐えられる？　僕を殺してしまったと罪の意識に苛まれるんじゃないかな」

「……ッ！」

ぎしりと体を硬直させた私に、雪嗣さんは物悲しげに瞼を伏せた。

「草木の命さえ奪うのを躊躇する君に、耐えられるとは思えない。……本当にごめん」

「もしかして、泣いているのを見たから……？」

「そう、だね」

別邸で再会したあの日、芝生すら裸足で踏めないとこぼした涙が、彼を躊躇させたらしい。雪嗣さんの事情を考えれば、とても悠長なことだと思う。冷酷に事実を告げることも、それが目的だと事務的に接することもできたはずだ。

なのに、彼はそうしなかった。

「君を傷つけたくなかった」

すべては私のためだ。

「本当はね、最初に事情を明かして、その上で結婚生活を続けるつもりだったんだ。残酷な行いを強制するんだから、適切な距離を保った方がいいともわかってた。君だって、いずれ自分が手にかける相手と親しくしたくないだろう？　――それなのに」

雪嗣さんの表情が苦しげに歪む。まるで痛みに耐えているような表情に息を呑んだ。

「気がつけば、どうしようもなく惹かれていた。初めて〝吸命〟を受けた時、かけがえのない人だと悟ったんだ。泣いている君を放って置けないって、大切にしたいって、無意識のうちに奔走してる自分に驚いたよ。こんな気持ち、二百年以上生きていて初めてだ」

ゆっくりと彼の瞼が開いていった。

私の大好きな、いつも見蕩れていた紺碧の瞳が――陰っている。

「僕のわがままに付き合わせて、未来の君が泣くと思うと――耐えられない」

それは、まぎれもない彼の本心。私に事情を隠し続けていた切実な理由。

「いつか決定的に君を傷付けるだろう自分が、本当に嫌になるよ。中途半端に関わるくらいなら、離れた方がいいってわかってたのに、君の側はとても心地よくて。離れがたくて。事情を言えないまま側に居続けてしまった。その結果がコレだ」

そう告白した彼は、途端に弱気な顔になった。

「騙していて、すまなかった」

私のために、自分の幸福を捨てようとしている人が目の前にいる。

――ああ……。

胸の奥がジンジンと痺れていた。

言葉の意味だけを捉えれば、これは謝罪だ。でも、そうじゃない。

こんな熱烈な告白、他に知らない。

まっすぐぶつけられた感情が、泣きたくなるくらいに心地よかった。「愛してる」なんて言葉よりも、よほど彼の気持ちが伝わってきて、それがなによりも嬉しい。

「こんな卑怯な奴が、君の夫でいていい訳が――」

「ちょ、ちょっと待って……！」

自己完結しそうな彼の言葉を、慌てて遮った。その手を強く握り返す。ビクリと体を硬くした彼をそっと見上げれば、いままでにないほど狼狽していた。安心させたくて、無器用な笑みを浮かべる。彼の不安を解消したい。その一心だった。

「私、大丈夫ですから」

「でも」

「確かに雪嗣さんが死んでしまうのは嫌です。こ、怖いです。……大切だから」

くしゃりと苦しげに顔を歪めた彼に、私は小さくかぶりを振った。

「だけど――それって〝普通〟ですよね？」

「……え？」

「離婚しなかった〝普通〟の夫婦は、どちらかが先に亡くなるものでしょう？　だからこそ〝死が二人を別つまで〟愛すると誓いを立てるんです」

冷たくなってしまった彼の手をゆるゆると撫でた。

真意が上手く伝わりますように。願いを込めて口を開く。

「ねえ、雪嗣さん。私たち〝普通〟の夫婦になれる、と思いませんか」

「〝普通〟……？」

「そうです。時間や出来事を共有しながら、一緒に歳を取って。わ、笑って、泣いて、時々はケンカして。いつか相手を喪うと理解しながらも日々を重ねていく」

「あ……」

雪嗣さんが驚きに目を丸くした。

頬がじわじわと紅くなって、紺碧の瞳に鮮やかさが戻ってくる。

「傷つける、とか。こ、殺す、とか。〝吸命〟と〝停滞〟の関係は、そういうんじゃないと思うんです。これはたぶん――一緒に生きるってこと」

そっと見上げれば、いまにも雪嗣さんの瞳から涙が溢れそうだった。両手を伸ばす。海風で冷えた頬に触れて、透明な心の欠片を指で拭ってあげた。

「だから、過去に盟約が結ばれた。夫婦という関係性がいちばん自然だったから」

彼の唇が小さく震えた。上手く言葉が見つからないのか、はくはくと口を動かすだけだ。でも――その瞳からは、先ほどまであった憂いが少しずつ消えて行っている。

「わ、私と夫婦を続けてください。お互いにシワシワのお婆ちゃんとお爺ちゃんになるまで。いろんなことをしましょうよ。歳を取っても手を繋いで歩くような夫婦に憧れてるんです。あなたを看取るタイミングは、私の寿命が終わる少し前くらいが素敵かなって。それまでに覚悟を決めておきますから。強くなっておきますから。だから」

ヴェールを外して風に遊ばせた。

黒いレースがなくなると、視界が一気に広くなる。

首元を撫でる風が心地いい。茜色に染まった世界がいやに鮮やかだ。

もう後戻りはできない。これでいい。これが、いい。

「私は雪嗣さんと生きたいです」

「……ッ！　雛乃さん!!」

気がつけば、雪嗣さんの腕の中に囚われていた。じわりと彼の生命力が染みてくる。優しい温もりを嬉しく思いながら、そっと胸元に耳を寄せた。

――とくん、とくんと彼の心臓が鳴っている。

知らなかった。これが彼にとって、どれだけ特別なことだったかなんて。

触れ合った場所が熱い。やけにぴったりと体が馴染む。欠けたパズルがぴったりと組み合わさるように。あらかじめ誂（あつら）えてあったみたいだ。

「僕も、君と生きていきたい」

縋るように私に身を寄せた彼は、涙交じりに言った。

「死がふたりを別つまで、一緒にいさせてください」

――ああ、こんなに愛おしいと思える人が他にいるはずもない。

これは運命だ。どうしようもなく運命。

その日、私たちは未来を共に歩いて行こうと誓い合った。

＊

「雛乃？」

あの日の記憶に想いを馳せていると、母が不思議そうに首を傾げていた。

「ご、ごめん。ぼうっとしていて」

そうだ、雪嗣さんと生きる決心がついたのかと問われたのだった。

慌てていると、ふいに首元に冷たいものが触れる。

「ひゃっ」急いで顔を上げると、どこか心配そうな紺碧の瞳と視線が交わった。

「ぼうっと？　熱中症かもしれないよ」

「ゆ、雪嗣さん……！」

首元に触れていたのは凍らせたペットボトルだ。私の顔を覗き込んだ彼は「顔が赤いかもしれないね」「熱は？」「頭痛は」とアレコレ世話を焼き始めた。とても過保護だ。遅れてきたはずなのに、挨拶なんてそっちのけで私の心配をしている。

「も、もうっ！　私のことはいいですから！」

「アッハハ！　こりゃ、聞くまでもないね」

母が呆れ顔をしていた。村岡さんもそっぽを向いて肩を揺らしている。仕舞いには「お腹いっぱいだよ」と母たちはふたり連れ立ってどこかへ行ってしまった。

「あ……」

まだまだ話したいことがあったのに。

しょんぼり肩を落とした私に、雪嗣さんは小首を傾げた。

「ごめん？」

謝っているのに、なんだか嬉しそうだった。たぶん、ふたりきりになれて喜んでいるのだ。事情を教えてもらった後から、彼は私に対してちっとも遠慮しなくなった。気がつけば、私のどこかに触れている。甘やかしてくる。彼は満足そうだった。私に触れることで、生きていると実感しているのかもしれない……。

おかげで、ＷＥＢニュースでおしどり夫婦なんて報じられてしまった。

――嬉しいような、恥ずかしいような。

私は彼に愛されている。溺愛かもしれない。それを実感する日々である。

「もう」

ぷくりと頬を膨らませた私に、彼はどこか浮かれた声で言った。

「ごめんって。そうだ、奥さん。お詫びにメロンソーダを飲みに行きませんか」

「……！」

「今度、龍ヶ峯の新しい当主にも会ってくれるって言ってたでしょ。そのお礼も兼ねて」

「さっ、最初に龍ヶ峯の新当主に会ってほしいと言ったのは、雪嗣さんです、よね？　これ以上、〝停滞〟の異能で不幸になる人間を増やしたくないって。自分だけじゃなく、その人にも救いがあってほしいって。だから、お礼をされる覚えは……」

「まあ、そうだったかもしれないけど」

ニコリと笑んだ彼は、どこか悪戯っぽい口調で言った。

「可愛い奥さんを甘やかすいい機会だからね。どっちでもいいんじゃない？」

「…………！」

顔が燃えるように熱かった。彼は私の機嫌の取り方を、すでに熟知してしまっている。

柔らかで、くすぐったい関係。

そこには、特段珍しくはないけれども、普遍的で不変な幸福がある。

「……サ、サクランボが乗ってる奴ですよ」

「もちろん」

「缶詰のチェリーですからね！」

「僕が愛する奥さんの好みを間違うはずがないでしょ」

自信満々な物言いに、目をパチパチと瞬く。

フッと笑みをこぼせば、雪嗣さんも同時に笑っていた。

——幸せだなあ。

自然とふたりの距離が近づく。私の髪を彼が耳にかけてくれた。

宝石みたいな紺碧の瞳に私の赤らんだ顔が映り込む前に、そっと目を閉じる。

柔らかな感触と、その優しい温度にふたりで酔いしれた。

夏の終わり。

蟬が奏でる恋の歌はますます勢いを増していた。

了

本書は書き下ろしです。

死神姫の白い結婚
解けない運命の赤い糸
忍丸

2024年6月5日初版発行

発行者……加藤裕樹
発行所……株式会社ポプラ社
〒141-8210 東京都品川区西五反田3-5-8
JR目黒MARCビル12階

フォーマットデザイン 荻窪裕司(design clopper)
組版・校閲 株式会社鷗来堂
印刷・製本 中央精版印刷株式会社

ポプラ文庫ピュアフル

ホームページ www.poplar.co.jp

N.D.C.913/262p/15cm
ISBN978-4-591-18202-4
P8111379